小学館文庫

希望という名のアナログ日記

角田光代

小学館

希望という名のアナログ日記＊目次

Ⅰ 〈希望〉を書く

希望という名のアナログ日記

I　〈希望〉を書く

〈希望〉を書く

1

（寝て見るのではないほうの）夢、という言葉のとらえかたはいろいろあると思うけれど、ポジティブにとらえられていることが多い。ポジティブ、というのはつまり、「叶う」という意味だ。夢を持ち続けていれば、それは必ず叶う、とよく言われる。

けれど私は、どうも夢という言葉にあまりいい印象を抱いていない。夢とは、叶わないもののことを言うのだと、どこかで思っている。なりふりかまわず努力して手に入れるものを、夢とは呼ばないだろう、と思うのだ。こうなったらいいなと願って、何もせずにその願いが叶った、という経験がないせいではないか。

作家になりたいと思ったのは小学校一年生のときだ。本を読むのがとにかく好きだった。テレビもお出かけも映画も、本にはまったくかなわなかった。小学校一年生に上がって、読み書きを覚え、ひととおり読み書きができるようになったとき、作文を書くように言われた。はじめて書く作文に、私は恍惚とした。言葉をつらねれば、本のように、何か書いて伝えることができる。書くことに夢中になった。作文に夢中になっているそんなとき、将来の夢というタイトルで、作文を書くように言われた。それで私は書いたのだ、作家になりたい、と。その作文に対し、先生は「なれるといいわね」とコメントしてくれた。なれるといいな、と私も思った。このときは、まだ「作家」は将来の夢だった。

小学校の高学年になるころ、気がつけば私は国語以外のほとんどの勉強がわからなくなっていた。不真面目な生徒で、先生からしょっちゅう廊下に出されていた。わからない授業を聞くより、廊下に出されているほうが私は楽だった。そんなふうに早々と、わからない授業――算数、理科、社会、音楽、家庭科――の理解を私は放棄した。

中学に上がると、はじめて習う英語はまだついていけたが、基礎知識の欠落している数学も、地理も歴史も、つけいる隙がないくらいわからなくなっていた。しかたなく私は国語にしがみついた。国語ならわかる。しかも授業内に小説を読める。作文も書かせてもらえる。国語が、古文になっても漢文になってもおもしろかった。反して、化学や物理や世界史や日本史といった、わからないものばかりが派生していく。

このあたりで、「作家」は、夢ではなく目標になった。作家にならないと困る、と私は思っていた。だって、ほかのことなんて何もわからないのだ。宇宙飛行士に、考古学者に、公務員に、デザイナーに、建築家に、臨床心理士に、エンジニアに、何々になりたいと思えるものが、ほかにない。知識が欠落しすぎていて何になりたいと思いつくこともできないのだ。知っていて、理解できて、興味が尽きず、おもしろいと思えるものは、七歳のときと同じ、本を読むことと何かを書くことしか、なかったのだ。作家を目指すしか、もう将来の道はないと私は思った。

高校三年生に上がって、あることに私は気づいた。作家になるために、作文の腕は磨きに磨いたから、自信はあった。けれど、作文をどうしたら小説になるのか、わからないことに気づいたのである。わからないことはきっと大学にいけば教えてもらえる。そう思って、小説を「読ませる」ではなく「書かせる」学科のある大学をさがした。二校しかなかった。この二校にいくしかない。このとき私ははじめて自主的に勉強をした。十二時まで勉強し、朝は四時に起きて勉強した。

希望した大学に受かったときは、うれしい気持ちより、安堵が大きかった。ああ、これで作家になる勉強ができる、と思った。

私の進学した大学は、専門の学科に進むのは二年生になってからだ。二年生でようやく希望していた文芸専修（創作科）に進むことができた。創作の授業では、最初から宿題として学生に小説を書かせる。一学年上の学生が書いたというものを読ませてもらって、作文と小説の違いがぼんやりと理解できた私は、すぐさま小説を書き、その第一号を先生に褒《ほ》められた。いい気になって書きまくった。宿題でなくとも書いて先生に送りつけ、その年、某新人賞に早速応募した。

応募した小説は、最終選考まで残った。そして落選した。最終選考のときに担当してくれた編集者が、あなたはまだ若いからと、同じ会社の、少女小説の部署を紹介してくれた。若い人向けの小説、ということを意識して書いて、そちらでは新人賞をいただいて、いちおう物書きとしてデビューすることになった。二十一歳のときだ。いただいた賞金で、はじめてのひとり暮らしをはじめた。

作家になることは夢ではなく目標だったから、私はとにかく焦っていた。大学に通うこと、それ自体が私にとっては就職活動のようなものだった。卒業までに職にありついていないとまずいと思っていた。だから、少女小説の話には飛びついたのだが、仕事として書きはじめてすぐ、自分の書きたいものと、その分野が書き手に求めているものが、驚くほど違うということに気づいた。気づいたけれど、新人賞を返上するわけにもいかない。デビューしたからには書かなければならないノルマがあって、学業とサークル活動（演劇サークルに属していた）の合間に、とにかく書いて書いて書き続けた。書きながら、違う、とずっと思っていた。

それはさておき、在学中に作家になる、という目標は、とりあえずは達成したことになる。書きたいものが違うという思いを抱えつつも、仕事は定期的にあり、また大学の宿題でべつの小説を書くこともでき、ひとり暮らしをできるだけの収入があり、サークルも忙しかった私が、ではとても充足していたかというと、そんなことはなかった。

当時の日記を読むと、ものすごく焦って、みっともないくらいもがいている。そこには、どうにも自分に自信の持てない若い子がいる。私には「これがある」と言えるものがなかった。仕事は、何か違うという違和感ばかり。しかも、私の本は売れなかった。けれど会社と違うから、どんなふうにやめていいのかわからない。芝居は趣味でやっているのに、自分よりうまい人や、目立つ人、褒められる人が強烈にうらやましかった。ものすごく好きな恋人がいて、でも彼は、私が彼を好きであることに比べたら、さほど私を好きでも必要としていないようにも思えた。

私よりずっとかっこよく、魅力的に、スムーズに、軽やかに暮らしているように見える友だちを見ては、嫉妬して、うらやんで、自己嫌悪になった。

今なら、とてもよくわかる。自信がないときは、人と自分を比べることしかできない。そのようにしか、自分を計ることができない。あの人よりは数段劣るが、あの人よりはちょっとまし、でもほしいものは手に入らない、手に入れるには何をしたらいいのかわからない。恋愛がうまくいったり、かっこよく軽やかに暮らすことこそ、私の夢だった。努力しても手に入らないもの、自分の力とは関係なく、うまくいくときはうまくいくようなこと。それが、私にとっての夢だ。

表面的な目標にはたどり着いたものの、私が目指すべきはここじゃないとつねに思いながら、私は大学を卒業した。

2

大学卒業の直前、少女小説の担当者に呼び出されて、もう書かなくていい、と言われた。事実上、職を失ったということだけれど、安堵していた。やっと自分の書きたいものを書きたいように書ける、と思った。同時に、会社勤めではなくても、仕事がなくなるということがあるのだなと、実感として知った。

卒業とほぼ同時に無職になった私は、アルバイトをしながら、また応募原稿を書きはじめた。加えて、受験勉強でもするかのように文芸誌の傾向を調べた。私は自分が天才ではないと、頭では気づいていなかったが、感覚的なところで知っていたのだと思う。勉強がずっとわからなかったせいで、人より劣っているのだという感覚が身にしみている。それはコンプレックスではなくて、たんなる自覚だった。人並み以上、いや、人並みになるためにすら、とにかく努力しなければいけない。文芸誌を買ったり図書館で借りたりし、過去にさかのぼって新人賞の受賞作を読み、それぞれの雑誌からデビューした作家の近作を読み、自分の小説をどこならば受け入れてくれるかを考えた。

そうして応募した『海燕《かいえん》』という雑誌で、ようやく新人文学賞をもらった。大学を卒業して一年後のことだ。ようやく、自分の書きたい場所でデビューすることができたのだが、貯金が尽きてしまった。賞金は生活費に消え、デビューと同時に私は派遣社員として某会社で働きはじめた。夜の十時、十一時まで残業し、朝は九時出社。小説を書くのは土日のみ。しかも、気負って書いた受賞後第一作目がボツ。書いても書いても、編集者になおすように言われる。

そんな日々でも私は充実していた。それまで、書くことに感じていた違和感はなく、編集者と言葉を交わして小説を書きなおしていく作業は刺激的だった。書けば書くほど、何かが楽になっていく実感があった。楽になる、というのはつまり、できなかったことができるようになる、ということだ。

デビューして一年後、ようやく第一作が『海燕』に掲載され、デビュー作とともに単行本になった。この本が馬鹿売れしたらどうしようと思っていたが、そんなことはまったくないばかりか、手厳しく批判されるか、まったく無視されるかのどちらかだった。私の友人たちは、「本屋にいったけどあなたの本がない」とわざわざ連絡をくれた。

それでもまだ、書くのはたのしかった。各文芸誌の編集者が会いにきてくれ、原稿依頼をしてくれた。一年勤めた派遣会社をやめて、書くことに専念した。文芸誌にのせた小説は、次々と新人作家を対象とする文学賞の候補になった。すべて落ちて、その都度傷ついたけれど、でもまた次に候補になればいいと思うことができた。本はやはり売れなかったけれど、「売れる」ということが異常事態であるとわかりはじめていたし、文芸誌からの依頼は途切れなかった。当然ながら貧乏だったが、もともと、作家は貧乏という偏見を持っていたので、まったく苦にならなかった。

恋愛関係は、相変わらずうまくいっていなかった。恋愛がうまくいっていないことを忘れるために、ものすごくよく遊んだ。友だちと飲みにいき、踊りにいき、車で遠出をし、眠らずに話した。ひとり旅をするようになったのもこのころだ。だれかがうらやましいという気持ちに、昔のように嘖《さいな》まれることはなくなった。以前はまるでなかった自信を、少しは持ちはじめていたのだと思う。

このころの私の目的は、自分の書きたいものを書き続けていくこと、だった。書きたいと信じているものを書ける場を、少しでも長く維持していくこと。このときの私にとって、この目的はそんなにむずかしいことではなかった。ただ書いていれば、それが目的に届く努力となるはずだと、私は信じていたからだ。書くということに悩んだり、批評家の言葉に自信をなくしたり、ということはあったけれど、その悩みや自信喪失から抜け出る方法を、このころの私は感覚的に知っていた。

あれ、なんだかへんだ、と気づいたのは、三十歳を過ぎたころだ。小説を書くことが、急に苦しくなってきた。書いても書いても、先に進んでいるという気がしない。以前書いたものの焼きなおしをしている感覚がついてまわる。気がつけば、新人対象の文学賞の候補にもならなくなった。落選続きで傷ついていたけれど、候補にすらしてもらえない、というのに気づくと、自分で思うよりもっと深く落ちこんだ。賞なんて意識しているつもりはなかったから、落ちこんでいる自分にさらに嫌悪を覚える。さらに、今まですべての文芸誌からきていた依頼が、このころにはほとんどなくなっていた。先に進んでいない、という自覚は、主観ではなく客観なのだと思い知らされた。

このままでは仕事がなくなる。会社勤めではないのだから、作家をクビになることはない、とは思えなかった。何しろ一度、もう書かなくていいと言われているのだから。

書きたいものを書き続けていくだけでは、たぶん、書く場を失うだろう。そう思った私は、何が書きたいかということをとりあえず考えずに、依頼されたものはなんでも書くようにした。二十代の人が読むような恋愛小説を、〇〇をテーマにした小説を、子ども向けの本を、写真家や画家と組んで一冊の本を――それまでだったら、断ってきただろう依頼だ。恋愛とは何か、という答えが自分の内に出るまでは書けないと思いこんでいたし、読む年代や性別を意識したら書けなくなると思っていた。けれどそんなことは言っていられないのだった。すべて引き受けて、恋愛が何かわからないならその「わからない」ということを書き、子どものころの作文帳を読んで子どもの時間を思い出しながら児童書を書き、写真家や画家といっしょに町を歩いた。

　そうして三十代前半の私は、それまでの人生でいちばんこっぴどい失恋をしたのである。失恋のダメージの深さというのは、交際の長短にも、恋愛の濃淡にも、まったく関係がないのだと、このとき知った。痛手というのは、関係が終わることよりもむしろ、自分のプライドとか自信とか尊厳とかを、いちじるしく損ねることによって生じるのではないか。交際もしていない相手に、本当に自分がこれっぽっちも好かれていないと気づくまで、私はまとわりついていた。そう気づいたときには、驚くほど傷ついていた。自分をカスみたいに感じた。電球が切れたから変えるとか、食器がたまったから洗うとか、そうしたことが何もできなくなって、できない自分に驚いた。

　依頼された仕事はみな受けることにして、今思えば助かった。電球が切れていても、汚れた皿がたまっていても、放っておけば放っておける。でも、仕事はそうはいかない。やらなくてはならない。逃げるように仕事に没頭した。やればやるほど、どんどん仕事の幅は広がり、増えていった。仕事がたのしくてたのしくてしかたがない、という気持ちは、でも、なかった。書きたいものではなくても、とりあえず書く、という目的にはたどり着いた。ここが最終目的地ではない。なのに次の目的が思い当たらなかった。逃げることはできても、でもやっぱり、傷は完治しなかった。恋愛がなんの問題もなくうまくいくことは、私にはやっぱり、夢のままだった。

3

とにかく依頼された仕事なら断らない、ということを続けているとき、今まで書いたことのない小説誌の編集者が会いにきた。彼女は私に連載小説を依頼しながら、「ページを読む手が止まらなくなるようなものを書いてほしい」と言った。その言葉に、はっとした。今まで、一文一文を立ち止まって読んでほしくて、私自身も一語一語、立ち止まりながら吟味して書いてきた。でも、まったく逆方向の考え方もあるのか、と驚いた。彼女の言葉通り、今までやったことのない書き方を試してみた。一文一文にこだわらない、スピード感を意識して、文章から余計な装飾をそぎ落とす。

そのようにして書いた小説が、直木賞の候補になった。落選したのだが、そのとき、デビューした『海燕』の生みの親である元編集長にずっと言われていたことを思い出した。二十三歳でデビューしたときから、このベテラン編集者はずっと、あなたの書くものは厭世的《えんせいてき》すぎる、と言っていた。直木賞落選の少し前にも、「まだまだ厭世的すぎる。希望を書きなさい」と私に言っていた。「世のなかに残っている小説は、みんな希望を書いている。残る小説を書きたかったら、希望を書きなさい」

ずっとわからなかったその言葉の意味が、落選したときに、ものすごく深いところで理解できた。大げさなようだけれど、感電したように、びりびり震えるくらいショックを受けた。

二人の編集者が、迷走していた私の、新たな目的地を作ってくれた。今までとは異なる書き方で、今まで書いたことのない希望を書くこと。こう書くとかんたんなようだが、実際はそうではなかった。書く、という作業は同じでも、十年以上やってきたこととはまったくべつのことをするわけだから。信じていたことを捨てるのも、あたらしく何か獲得しようとするのも容易ではない上、自尊心も傷ついた。けれどそんなことより、目的地があるだけまだよかった。目的地が見えれば、どうがんばればいいのかもわかってくる。私は三十代半ばだった。

直木賞に落選したのち、ものすごい数の執筆依頼がきた。みな、連載小説である。依頼されたものはなんでも受けるようにしよう、と私はまだ思っていた。とにかく量を書くことで、書き方を変えていかなくてはだめだと、このときは思った。

そうして、依頼のあった連載をすべて引き受けたのである。結果、私は朝の五時前に起きて仕事場にいき、夕方五時まで仕事をするようになった。土日に仕事をするのと、夕方五時以降残業をするのがいやだったので、忙しくなると作業開始時間を早めるしかなかった。

このころ、三〇枚から五〇枚の小説を、月に七本書いていた。それとはべつに、エッセイがあり書評の仕事があった。翌年直木賞をいただいて、それはとてもうれしかったけれど、もちろんそれが私の目的地というわけではない。とにかく量を書くこと。うまくなること。先を読ませたいと思わせつつ、薄っぺらではない希望を書けるようになること。連載は減らず、仕事は増え続けた。このころのことを思い出そうとすると、記憶がまだらになっている。まったく余裕がなかったんだろう。

量はもういい、と思ったのは四十歳になるころだ。量を書かなくては、と思っていたけれど、もう充分書いた。記憶がまだらになるほど余裕のない暮らしをするのではなくて、自分のペースをつかんでいかないと、この先こわれてしまう。今度はもう少し落ち着いて、ゆっくり書いていこう、と思うようになった。

プライベートでも変化はあった。直木賞をいただく一か月前に母が亡くなった。その後、当時交際していた人と入籍したのだが、四十一歳のとき離婚した。私には長く結婚願望がなかったが、それでも結婚したらそれは続くものだと思っていたので、離婚は自分のことながら、ものすごく衝撃的なできごとだった。精神的に路頭に迷うような気持ちで暮らしながら、どこかで納得もしていた。やっぱり、恋愛や結婚というものは、私にとって、放っておいても自然とうまくいくような、「夢」だったんだな、と気づいたのである。入籍していた短いあいだと、人生でいちばん忙しい時期が、ぴったり重なっていた。結婚は、放っておいてもうまくいくはずの何かだと無意識に思っていたから、なんとかしなくてはいけない仕事にばかり、私は力を注いでいた。結婚というものをがんばらなかった。今までのうまくいかない恋愛も、きっとそうだったんだろう。ただぽわんと夢見ていただけで、どうすればうまくいくのか考えず、努力もせず、なんで夢は叶わないのかと、他力本願で地団駄踏んでいただけだと、四十歳をすぎて、はじめて理解した。

もしかしたら、ほかの人には夢は叶うものなのかもしれない。こうなればいいと願えば、あきらめずに願えば、何もしなくとも手に入るものなのかもしれない。でも私にとっては、何かになりたい、何かがほしい、と思ったら、漠然と夢を見るのではだめで、そうなるための、手に入れるための、ただしい努力をしないといけないのだなと、思い知った。仕事と同じように。

仕事にかんしては、じつは、自分のペースで落ち着いて書く、ということが今なおできないままである。月の締め切りが、小説とエッセイと書評すべてで三十個ほどあった七、八年前に、ともかくこれから減らしていこうと決意したのだが、実際に減らすのに、こんなにも年月がかかっているのである。今、ようやくかつての半分ほどに減らせたところだ。

けれど仕事とは、目標を決めてからその近くまでいくのに、たしかにそのくらい時間がかかるものだと、私は今実感している。自分の書きたいものを書こうと思って六〜七年、それではだめだと思ってまた四〜五年、ともかく量を書こうと思ってまた十年近く、量を書くのをやめようと思ってそれもまた七〜八年。今日決めて、来月にはたどり着けるようなものではないらしい。今の私の目標は、やっぱりまた、変わっている。二十代のころのような、じっくりとしたペースで、今までに書いたことのない種類のものを、つねに書いていくこと。やったことのないことをやり続けること。

結婚にも努力が必要だと知った一年後、縁あって私は再婚した。再婚するつもりになったのは、結婚が夢ではないとわかったからだ。結婚願望は相変わらずなかったけれども、結婚というもので、努力してみたいと私は思ったのだ。努力しないとだめになるものならば、努力すればいったい何が得られるのだろう？　私はどこへいけるのだろう？　それを知りたくなったのである。

人生を俯瞰《ふかん》する目線というものが私にはなく、いつも、目の前しか見えていない。だからすぐに、袋小路にぶち当たったり、迷ったりする。その都度あたふたとみっともなくあがいて、脱出経路にも似た目標や目的地をひねり出してきた。だから目標も目的地も、いつも微妙に異なっている。目標も目的地も、年齢とともに変わり続けている。でもそれで、結果的に助かってきたのだとも思う。ひとつの大きな目的しか持っていなかったら、私はとうに挫折し、あきらめているだろうから。

夢、という、放っておいても勝手にかなう、きらきらしたものが自分の人生には存在しない。そのことを、さみしく思わないでもない。

（「日経ウーマン」２０１４年６月号〜８月号）

世界の事実だった

おそらく、家からいちばん近いから、という理由で通うことになった保育園が、プロテスタントの教会が運営しているところだった。文字を書けるようになるより、読めるようになるより前に、私は神さまとイエス・キリストと聖書の話をくり返し聞いていた。お祈りの時間に、目を閉じているあいだ何が起きているのか知りたくて、薄目を開けていたことがあった。お祈りのあとで先生が「目を開けていた人を、神さまは見ていますよ」と言って、私は大げさではなく、失禁《しっきん》しそうなショックを受けた。ばれている、と思った。その焦りと羞恥と後悔と反省の混じり合った感情を、たぶん私はこのときはじめて味わった。

卒園し、私は家からずいぶん遠い、やっぱりプロテスタント系の小学校に通いはじめた。今までのように、神さまとイエス・キリストと聖書の話があった。毎日礼拝があり、聖書を読み、讃美歌を歌い、日曜日には保育園を運営していた教会に通った。

旧約も新約も、聖書に描かれていることは、私にとって疑う余地のまったくない事実だった。小学校は高校までの一貫校だった。中学からは、毎日の礼拝に加え、聖書という授業もあった。私はそのまま、世界の事実を補強していった。私にとって信じるということは、たとえば、英語を学ばなければならないのはバベルの塔を作ろうとした人たちのせいだ、と思うような至極単純で幼稚なものだった。学校でも、人間を土葬すれば骨だけになるのは、神さまが人間を土から作った証拠だというような、単純な教え方をした。

　高校を卒業するまで私が洗礼を受けなかったのは、あまりにも聖書と神さまを信じすぎて、自分にはそれを受ける資格がないと思ったからだった。そうなると、ただただ、キリスト教は私にとって重苦しいものになった。私をずっと見ていて、許さない何かになった。四歳のときにはじめて覚えたあの、焦りと羞恥と後悔と反省の混じり合ったものが、すなわち、私のキリスト教に対する感情そのものになった。

　高校を卒業し、キリスト教から離れることができたときはほっとした。距離が近すぎて、苦しかったのだと思う。

　それでも未《いま》だに私のなかに、聖書の言葉やフレーズはあり続けて、ひょんなときに出てくる。信仰とか、事実だとかを離れて、もっと客観的に聖書という書物を読んでみたいとこのごろ思うようになった。

（「福音と世界」２０１８年４月号）

どうしても暗くなる

「十七歳」という言葉には何かとくべつな雰囲気があって、その年齢になったら自分にもとくべつなことが起きるのだろうと思っていた。とくべつな、というのは、わくわくと胸弾むようなできごとだ。けれど十六歳の終わりが近づいてきてもそんな気配はまるでない。

当時の私は女子校に通っていて、勉強も運動も嫌いで、仲のいい女友だちはいたけれど、男の友だちも知り合いも好きな人もいなかった。外の世界を知らないから、それで満ち足りていた。満ち足りているのに窮屈だった。そうしてとくべつなことが起きるはずの十七歳になった。

その年に起きたいちばんとくべつなことは父親が入院し、亡くなったことである。それまでも身近な人が何人か亡くなっていたから、はじめて立ち会った死というものではない。はじめてではない、ということに、今思えばそのときの私は頼っていたのだと思う。よくあることだと思いこむことで、父親が死んだということに大きな衝撃も受けず、立ちなおれないほどかなしむこともなかった。

父親の入院時、病室や病院のレストランで、死んでいく父親のことをどう作文に書こうかと私はずっと考えていた。あのころから三十年以上が経って、今覚えているのは、かなしみでも衝撃でも、不安でも心細さでもなくて、自分が作文を考えていたことだ。私は小説家になることをずいぶん前から決めていて、小説は書けずにいたが、そのかわり作文を熱心に書いていた。うまい作文を書くことに心を砕《くだ》いていた。それで、作文、というわけである。

私の通っていた学校では、一年に一冊、中学一年生から高校三年生までの、すぐれた作文をのせた文集を発行していて、その文集掲載に選ばれることが、そのころの私にとってのうまい作文、うまい文章を意味していて、つまりは、文集に載ることが自分の未来に関係していると信じていたのである。そのくらい狭苦しい場所で生きていたから、満ち足りてもいたのだろう。

具体的には私は学校から推薦をもらって大学に進み、そこで勉強して小説家になろうと思っていた。ところが進路のための三者面談で、あなたの成績と素行を推薦できるような大学も短大もない、と教師に言われてびっくりした。これもまた、十七歳のときだ。父が死ぬより少し前のできごとである。私は自分で思うよりずっと出来の悪い、態度も悪い生徒だったのだ。

推薦してもらえないのなら、大学にいくには受験をしないといけない。そうして秋に父が亡くなって、受験しても浪人はできないのだと思いこんだ。そんな経済的余裕はないだろうから。このとき、なぜ浪人はだめで、現役合格すれば大学にいける経済的余裕があると思ったのか、今の私にはさっぱりわからない。ともあれ、父の葬儀を終えてから、世のなかにはどんな大学があるのか調べはじめ、創作科のある大学の存在を知り、志望校を決めて、同時に生まれてはじめて自主的に勉強をしたのである。どう書こうかずっと考えていた作文も書いて提出していた。

このころの日記を持っているのだが、大晦日《おおみそか》の日記に「恨み年のような一年が終わる」と丸文字で書いてある。丸文字だからそこにまったく悲愴感はない。ないが、でもやはり、思い返すとさんざんな一年だったし、思い出はどうしても暗くなる。

年が明けて受験がはじまった。創作科のある志望校は二校だったが、浪人はできないと思っていたため十校以上受けた。しかし発表があるたび、どの大学も落ち続けた。落ち続けているうちに私の十七歳が終わった。日記によれば十八歳の一日目に私は志望校合格を知った。

件《くだん》の作文は私の念願通り文集に載った。教師も同級生も褒めてくれ、礼拝の説教で教師が引用したので有名になった。しかも、私の卒業後何年もある教師が教材として使い続けたと知人から聞いた。

父親が死んだことと作文を書いたことと志望校を決めたことは、ぜんぶ今の私につながっている。私の職業につながっている。そのなかでもっとも恥ずべきことは作文である。題材はなんであれ、ともかくそれを自分のものとしてうまく書こう、褒められようと、熱心に考え、熱心に書いたことだ。実際に褒められたことも今思うといたたまれない。でもそのもっとも恥ずべきことも、今の私の職業につながっているのだと思う。十七歳の自分と暗い記憶をどんなに嫌っても、その続きが今の私であるのと同じように。

（「すばる」２０１７年１月号）

文字という分身

万年筆の取材を受けた。万年筆をいつから使っているか、何本持っていて、どこのメーカーで、どのようなときに使うか、というようなことを質問された。

私の持っている万年筆は四本。一本は自分で買ったもの、ほかの三本はいただいたものだ。インクカートリッジのものと、吸引式のものとある。四本とも使っている。私は片付けが苦手で、仕事机や食卓やソファテーブルに、使ったまま万年筆を放置しているので、用途に合わせて選ぶのではなく、そのとき手近にあるものを使っている。万年筆を使うのは、原稿ではなく、おもに手紙を書くときだ。

その取材で、なぜ万年筆を使うようになったのかと問われて、返答に困った。なぜ？　なぜだろう？　しばらくして気がついた。私がいただいてきた手紙のほぼすべてが、万年筆で書かれているからだ。手紙、といっても、友人からのものではなく、先輩作家や、年配の編集者からいただく手紙だ。だから、文芸周辺で生きる人は万年筆で手紙を書くものだと、新人だった若き日に思いこんだのだろう。

年齢もずっと上で、キャリアもたいへんに長い先輩作家の方々が、まだ年若い新人の私に手紙や葉書をくださったときは、心底びっくりした。もう年若くない今でさえ、まだびっくりする。そんなに多くはないが、でも、そのような奇特な先輩方はいるのである。

内容は、ほんのちょっとしたことだ。たとえばその作家の作品の感想文を、新聞や文芸誌に書いた。文庫の解説を書いた。その作家と対談させていただいた。自分の小説を、送らせていただいた。そんな、本当にちょっとしたことにたいする謝礼の手紙や葉書がほとんどだ。

もし自分より年配だったりキャリアが長かったりする作家が、自作について何か書いてくれたのなら、手紙でお礼を言うのもわかる。うれしい、ありがたいという気持ちの問題に、礼儀の問題がプラスされているのだから。でも、その逆、自分よりずーっと若い、たんなる新人に、わざわざお礼の言葉をしたためるなんて、なんというか、すごいなあ。未だにそう思っている。

そういう手紙をいただいたのが、若いときでよかったと思っている。早くに、学ぶことができたから。どんなに年齢を重ねても、何かしてもらうことがあたりまえにならぬようにしよう。ありがたいと思ったら、思うだけでなく、次に会うときを待つのでもなく、すぐさま、伝えられるようになろう。それらにくわえ、「手紙は万年筆で書くようにしよう」という決心も、無意識のうちに含まれていたようである。かっこいいから真似しよう、というのではなく、そうするものなのだ、と思いこんでしまった。

ものを書くことを仕事にしてから、二十四年がたつ。この二十四年のあいだに、パソコンも携帯電話も急速に普及して、手で何かを書く、ということがめっきり減った。手紙や葉書もずいぶん減った。けれど相変わらず、手紙を送ってくださる先輩作家の方々は、いる。だから私も、手紙や葉書を書き続けている。お礼の言葉を伝えるのに、やむを得ずメールを送るときもあるのだが、そのときちくりと罪悪感を覚える。楽をしているような気になるのだ。癖のようなものだ。

今は文房具の種類も豊富になって、インク式だったり線の太さが選べたり、筆記具にも本当にいろいろある。万年筆にとてもよく似た書き味のボールペンもある。それでもやっぱり、万年筆は違う。

手書きの文字は、どんな文房具を用いても、きちんとその人となりをあらわすけれど、いちばんよくあらわすのが、万年筆だと私は思っている。字のきれいさ、きたなさはまったく関係なくて、その人の個性や有りようやたたずまいを、あらわす、というよりも、暴《あば》く、というほうが近いほどだ、とすら、感じる。だから、万年筆で書かれた手紙や葉書を、私は捨てることができない。

少々個人的なことを書く。二十四年前にデビューしたときから、ずっとお世話になっている編集者がいた。私より三十数歳年上のその方とは、彼が編集者をやめてもずっと親しくしていただいていた。五年前、私は再婚することになり、お世話になっている方々を招いてちいさな宴会を催すことになった。そのときその元編集者氏は闘病中で、体調にずいぶんと波があった。それまで公私にわたり心配をかけてきたその方には、ぜひいらしてほしかった。もし体調がいいようであれば、と但し書きをして、招待状を送った。ぎりぎりになって返信がきた。ずっと体の様子を見て、いけるかもしれないと思い返信が遅れたとあり、どうにか出席してあなたの笑う顔を見たいが、どうやらいけそうにない、申し訳ないと、それまでの字とはまったく異なる、弱い、細い、震える字で書いてあった。少し前に会ったときより、よくないことが直《じか》に伝わってきた。それでも愛用の万年筆を手にし、この言葉を書いてくださったのだ。本当に、よろこんでくれているのだとその字が伝えてくれた。半年後にその方は亡くなった。

　五年前の宴会を思い出すとき、どうしてもそこに、彼がいたように思う。あの、弱くて細い、でも彼自身の、意志と姿そのままの文字が、彼の存在そのものとなって思い出されるからだ。

（「日本橋」２０１４年３月号）

「好き」とは違った

小説も音楽も私は好きだが、でもその「好き」さはまったく違う気持ちだ。というよりも、煎じ詰めて考えれば小説にたいする気持ち、音楽にたいする気持ち、それぞれに「好き」とは異なるもののようにも思えてくる。そのことを、三十代の後半になるまで私はわからなかった。

私はあるジャンルの音楽だけを聴き、あるジャンルの小説だけを読んで大人になった。あるジャンルとはロックであり、かたよった近現代小説である。だから私が音楽というとき、また小説というとき、それはひどくかぎられたちいさなジャンルのことを指している。そのかぎられたちいさなジャンルの音楽と小説がなければ私の生活は成り立たなかった。映画や演劇も私の暮らしの多くを占めていたけれど、でも、もっと根本的なところで、音楽と小説は私に必要だった。娯楽ではなかった。

小説家になろうと決めていたので、私は十代の終わりから小説を書くようになったけれど、音楽は、みずからやろうとは思わなかった。やろうと思うよりも前に、自分にはできないとわかっていた。小説は書く側にもなったけれど音楽はずっと聴く側だ。

仕事として小説を書きはじめた二十代のとき、私は音楽のような小説を書きたいと思った。音楽が好きだったからだ。でも、どうすれば小説が音楽のようになるのかわからなかった。

このころ私は小説のなかに自分の好きな音楽の曲名をたくさん入れた。二十代のころ、私が小説に書くのはみな自分と等身大の人たちだったから、私が聴いている音楽を彼らも聴いているだろうと思ったのだ。アーティストや曲名まで書いたのは、料理と同じで、具体的に書かねばならないと思っていたからだ。読者として私は、小説に出てくる人たちがただ「食事をした」のでは、どこかむずむずして、何を食べていたのか知りたくてたまらなくなるのだ。

そんな理由で小説に音楽を登場させていたのだが、だんだん、そういうことが格好悪いように思えてきた。私が小説に書きこむ音楽は、私の小説より断然かっこよかった。そのために、私が音楽にあこがれている気持ちが漏れ出している気がした。なぜあこがれているかといえば、自分にはできないからだ。音楽そのものもできないし、小説を音楽のようにすることもできない。私の書いた小説はその「できない」がだだ漏れだ、と思った。それで、小説に自分の好きな音楽を書くのをやめた。音楽を音楽として意識して書くのをやめた。

小説にくらべて音楽は変化が激しい。レコードはＣＤになってＭＤははやばやとなくなって、CDが売れなくなって、パソコンや携帯電話で多くの人が音楽を聴く。メジャーなジャンルがなくなってジャンルが細分化し、今はヒットチャートで一位の曲でも多数の人がまったく知らない、ということもあり得る。

成長過程において、私の好きな音楽を同じように好きでいる人は周囲にいなかった。聴きたくなくてもヒット曲はどこでも流れてきて、きちんと聴いていないのにぜんぶ歌うこともできた。そういうなかで、わざわざ追いかけて聴く「好きな音楽」は、今思えば、好きというよりももっと切実な気持ちだったようにも思う。それがなければどんなに息苦しく、つらかったことだろう。そして、世のなかはこんなに音楽にあふれているのに、私の好きなものは周囲のだれもが聴いていない、そのことが、切実さに拍車をかけていたのだと思う。

大人になればロックは聴かなくなるのだと思っていたけれど、私は今もロックが好きで聴いている。個人の好みや音楽のジャンルが細分化した今は、自分の好きなものを好きなように聴いていればいいから楽だけれど、きちんと情報を見つけていかないと、向こうから勝手にあたらしい情報を教えてくれたりはしないから、あやうく、音楽と切り離されそうになることもある。

小説は、それにくらべると変化のスピードは遅い。電子書籍が登場したけれど、未だに紙の本のほうが主流のようだし、数は減りつつあるとはいえ新刊書店も古書店もある。ジャンルも細分化されているのかもしれないけれど、三十年前と同じように、書店の現代小説や海外小説のコーナーにいけば、自分のほしい種類の小説はちゃんと置いてある。だから、音楽のように、つねに調べなくては引き離されてしまう、という焦りのようなものがなくてすむ。

小説にしても私はやっぱり近現代小説がいちばん好きだ。仕事としてもっといろんなジャンルの本を読むようにはなったけれど、好きで読む本は三十年前と変わらない。そしてこちらも、好きというのとは違う気持ちを抱いていると気づくのだけれど、音楽にたいする切実さとは違う。小説にたいして私は感謝を抱いていない。小説は、あって当然の存在で、なおかつ、助けてもくれないし、なぐさめてくれることもない。

大人になってだいぶたち、切実に音楽を聴かなくてよくなって、小説を書くこともできるようになって、ようやく私は自分のなかで音楽と小説を分けることができた。それぞれにたいする自分の気持ちも理解できるようになった。

音楽のような小説を書きたいとは思わなくなった。猫のような犬が好きだ、というようなもので、実際に猫のような犬も、犬のような猫もいるけれど、でもやっぱり猫は猫で犬は犬だ、とわかるようになった。小説のなかに自分の好きな音楽を書くことだもない。たしかに、自分の好きな音楽ばかりくわしく小説に書くのは格好悪いことだとはっきりわかった。そうしていたころの私の小説はとくべつ格好悪い。小説に出てくる人たちがみんな、熱いあこがれを持って、切実に、救いを求めるかのように、音楽を聴いているのだから。その当時の私とまったくおんなじに。

（「法政文芸」14号　2018年）

武道館で見たくらいに小さいけれど、でも見える

小説家としてデビューしたのは二十三歳のときだ。そのころ、どんな作家になりたいかと訊かれるたび、忌野清志郎のようになりたいと答えていた。

一九九〇年、若い小説家は少なく、小説は今よりもっともっと重々しく深刻な何かだった。そうしてそのころのRCサクセションの世間一般でのとらわれかたはいろものバンドだった。おそらく忌野清志郎が化粧をしていたせいだろう。デビューしたての若造の「忌野清志郎みたいな作家になりたい」は、当然ながら、若造ならではの奇をてらった、自意識に満ちた回答ととられ、なぜそう思うのかとか、どのような面で、とか、それ以上訊かれることはなかった。

けれど奇をてらっているわけでも、自意識過剰にひねった答えをしたのでもなくて、私は本気で、心のいちばん奥底の本音を言っていただけだった。

ロック音楽のような小説が書きたかった。重々しく深刻なのでもなくて、軽やかで耳にやさしいのではなくて、聴く人にとってほんものだと思えるようなもの。軽やかなようで重くて、重いようでいて軽やかなもの。子どもも大人も選ばず、性別も選ば

ず、ひゅっとつかんでしまうようなもの。私にとってロック音楽はそのようなもので、そのようなものの最たる位置にいるのが、当時聴いていたRCサクセション、忌野清志郎の音楽だった。

十代の私が、彼の言葉と声とメロディに、ひょいとつかまってしまったように、私も小説でだれかをつかまえたかったのだ。ほんものだと思われたかったのだと、今、気づいたりする。

私が私の思うその「ほんもの」につかまったのは、作家デビューする、わずか四年前。十九歳の私は、友人がチケットをくれるという、それだけの理由で日比谷野外音楽堂のRCサクセションライブにいったのである。それまでもこのバンドのことはテレビで見て知っていたけれど、とくべつな興味を持ってはいなかった。このライブで、みごとにつかまったのである。コンパスみたいな脚でジャンプする忌野清志郎はかっこよかった。聴いたことのない声と音楽と、思い描いたことのない言葉がかっこよかった。いや、このとき、私は「かっこいい」なんて言葉を思いつかなかった。目の前で行われていることと、耳に入ってくることにただしびれて、ぽかんとしていただけだった。ああ、あのとき私のなかで「かっこいい」という概念ができあがったのだなとわかるのは、もっと後になってからだ。

十九歳だった私は、そのライブののち、情報誌で彼らのライブ情報を入念に調べるようになる。ライブのチケットの発売日、チケット取り扱いオフィスのそばなら電話がかかりやすいという噂を信じ、早朝に半蔵門まで出かけて電話をかけまくる。ファンクラブに入会し、会報をなめるように読み、忌野清志郎の著作が出れば即座に買い、これもまたむさぼるように読む。

そうこうしているうちに、RCサクセションは活動休止になり、忌野清志郎はタイマーズを結成したりラフィータフィーを結成したりしていくけれど、私にとって、なんの変わりもなかった。夏に野音、クリスマスに武道館、という習慣がなくなったのはさみしかったけれど、HISだろうがラフィータフィーだろうが忌野清志郎&2・3'Sだろうがスクリーミング・レビューだろうが、私にとって忌野清志郎はずっと忌野清志郎で、RCサクセションだった。十九歳のときに出会ったほんものであり続けた。

あんまりにも熱心に、それこそすがるように聴き続けたので、私の一部は彼の歌で成り立っているようなところがある。私の内側にある光景は、私が実際に見たり触れたりしたものばかりではなく、忌野清志郎の歌を聴いて思い浮かべた架空のものだ。月や歩道橋や、坂道やガードレールや、部屋や窓や西日や。小説を書いていて「月」と書くとき、そこで自分が思い浮かべているのが、自分の見たものなのか、忌野清志郎の歌が見せたものなのか、わからないときがある。「やさしさ」という歌があるが、この歌のおかげで、私は長いあいだ小説のなかで「やさしい」という形容を使うことができなかったほどである。

十代から二十代のはじめは、（アイドルの追っかけのような）ファンになる、という方法しか知らなかった。たまらん坂にいって感動したり彼の著作に出てくる映画を観たり、ライブの前方の席で目が合ったと浮かれたりすることがすなわち、心を奪われるということだと思っていた。

私自身が仕事を得て、忌野清志郎という人は私にとって追っかけるべきアイドルではなく、目指すべき表現者だと理解した。それでようやく、追っかけ的行動から自分を解放することができた。そうして、私が心を奪われているのは忌野清志郎その人というより、忌野清志郎その人の言葉を含む音楽であると気づいた。

だから、その都度ファンのあいだで賛否が分かれ論争になったりしていたけれど、タイマーズでもトーサンズでも私にとってまったく違和感なく、幼いお子さんがライブに出ようがCDで歌おうがとくに何も思わなかった。

俳優としての忌野清志郎にもあまり興味がなくて、出演作品も見ていない。自転車に乗るようになったことは有名だから知っているけれど、その程度で、くわしく知らない。それでもライブにだけはずっといっていた。音楽が聴ければそれでよかったのだし、いつだって同じように好きで、同じように聴いていた。そうして忌野清志郎という人は、そのような求め方、必要の仕方にもきちんと応えるバンドマンだった。彼のライブは、はじめて見たときとまったく変わらずパワフルでチャーミングでかっこよかった。

具体的な意味合いでも、変わらなかった。時代が変わっても、世のなかを揺るがすニュースが次々と報じられても、忌野清志郎の活動場所が変わっても、この人のライブにいけば「雨上がりの夜空に」を聴くことができた。投げこまれるプレゼントの袋の中身をぶちまける姿が見られた。寝転がってコンパスのような脚のあいだから、クラッカーのテープを飛び出させる様を見ることができた。

ときどき不思議に思った。いやにならないのかな、と単純に疑問に思ったのである。まったく新しいことをやっているのに、古いものを期待され、その期待に応えることがいやになってしまわないのかなと。

でも忌野清志郎はずっと「雨上がりの夜空に」を歌い続けたし、クラッカーやプレゼントはマントショーに変わったけれど、それもまた、やり続けた。このことはずっと疑問だったのだけれど、最近になって、思う。こわくなかったんだろうな、と。同じことをやり続けること。昔のヒット曲をうたうこと。それを期待され、期待に応えること。ぜんぶ、この人はこわくなかったんだ。そうしたことが、自分の作り上げているものを脅《おびや》かすことなんかない、と知っていたのだな、と。

　まさに忌野清志郎という人は、変わることも、変わらないことも、ちっともこわくなかったんだろう。その音楽をずっと聴いていれば、その両方がいつもちゃんとある。変化と不変とが。それがどういうことなのか、やっぱり、今になってわかるのだ。変化と不変をおそれない、それは、永遠を知っているということだ。新しすぎて突飛だったり理解されなかったりすることもない。古すぎて色あせたり流行遅れになることもない。新しいものと古いものがつねに等しくある、それはつまり時間、時代から解放されているということ。永遠、ということ。

　こんなふうに、私は音楽を通して、忌野清志郎からいろんなことを学んできたわけだけれど、それは同時に、忌野清志郎という「人」をちゃんと見ていなかったということでもある。私は音楽が聴けることに安心しきっていた。そのほかのことに目を向けなかった。忌野清志郎が何を訴えているか。何を考えているか。何に怒っているか。それらのこめられた歌を私はみんなソラでうたえるくらい聴きこんだけれど、その奥の、個人の声というものを聞き損ねてきた。

　そう気づいたのは、恥ずかしいことに、東日本大震災による原発事故のあとだ。私はこのニュースを見て真っ先に忌野清志郎のことを思い出した。ずっとずっと、日本がまだバブル景気に浮かれているときから、だれもそのことについてちゃんと考えようとしていないときから、ずっとこの人は原発のことをもっとちゃんと考えようと言っていたし、うたっていた。その歌だって私はうたえるのに、その奥の真摯な声には耳を傾けなかったと、ようやく気づいたのである。けれど正直なところ、そのことの後悔よりも、驚きのほうが大きい。忌野清志郎という個人の、一貫した在りようにたいする驚きである。原発のことばかりではない、政治にたいして、欺瞞にたいして、権力にたいして、忌野清志郎という人はやっぱり何ひとつおそれることなく、いつも自分の信じるところを見つめ、そのことを自分の声で放ってきた。

二十三歳のとき、忌野清志郎のような作家になりたいと私は言った。そのことを自覚してよかったと思う。なりたいと思ったのがほかのだれでもなく、忌野清志郎でよかったと思っている。

それからもう二十年以上が経っているけれど今でも、つねにずっと先を、でも、見えなくなってしまうくらいの先ではない、武道館で見た小指の先くらいのちいささ、でもその背中がちゃんと見える、そのくらい前を、忌野清志郎はいつも走っている。彼が亡くなったとき、私は茫然自失して、これからいったいどうなるのかと嘆いた。けれどただファンである私が失うものなんてなかった。忌野清志郎が知っていた永遠に、私たちはいつだって触れることができる。彼の信じるところのものを、新たな彼の声で聞けることはこの先ないけれど、でも、忌野清志郎だったらどう考えただろう、どううたっただろうと考え続けることで、やっぱり、私たちはその背中を見つめ続けることができるように思うのだ。

永遠にその背中は私の前を走っている。見えているかぎり、私はそっちに向かって自分のペースで走っていく。追いつこうなんて思っていない。そっちが「道」なのだ。これからもずっと、私にとっての。

（「NOTE」4号　2013年冬号）

それが残っている理由

古典文学にはじめて触れるのはたいていの場合、学校においてだろう。私も中学の授業ではじめて読んだ。中学から高校にかけて読むのは、万葉集、枕草子、方丈記、徒然草、土佐日記、平家物語……などだろうか。勉強が嫌いで、国語以外のほとんどの授業についていけなかった私は、国語の授業ならなんでも好きだった。だからはじめて触れる古典文学も、まったく違和感も抵抗感もなく受け入れ、現代の小説を読むように読んでいた。もちろんそれは訳文がついていたからだろう。原文だけで読むのであれば、数学や物理の授業のように、ついていくのをあきらめていたかもしれない。

それでも不思議なことに、十代のころ教科書で読んだそれらを思い出すと、すらすらと出てくるのは訳文でなく原文である。春はあけぼの、やうやう白くなりゆく山際、少し明かりて。つれづれなるままに、ひぐらし、硯に向かいて。祇園精舎の鐘の声、諸行無常の響きあり。沙羅双樹の花の色、盛者必衰の理をあらわす。

有名な冒頭ばかりだが、暗記させられたのではないのに覚えているのが不思議である。でも、こうして覚えているままに書き写してみると、その言葉のインパクトにどきりとする。なんだか凛《りん》と立っていて、かっこいいではないか。最後まで読み通せなかったものでも、最初の一文にはぐっと惹かれて自然と覚えてしまったのだろう。すごいと思うのは、たった十数歳の子どもが、理屈ではなく感覚で、吸い寄せられるようにその魅力にとりこまれることだ。

けれども学校を卒業すると、多くの人が古典文学を進んでは手にとらなくなる。その分野を研究するとか、専門的に勉強するとかではないかぎり、古典文学を読む楽しみを知っているのに手放してしまう。

いちばん大きな理由は「面倒だから」だろう。原文と訳文を照らし合わせて読むのは面倒だし、では訳文だけ読むかという気にもあんまりならない。それに、もっと興味深い現代小説も海外小説もわんさとある。大学受験の経験者ならば、読むことが楽しかった古文が、受験科目になったことによって「勉強しなければならないむずかしいもの」に変わってしまったかもしれない。

私がまさにそんな多くのひとりだ。古文と関係のない学科に進んだ大学生のころから、自分からはまったく古文を読まなくなった。

書く仕事をはじめてから、仕事としてやむなく読み返す機会ができた。現代語になおすという仕事の依頼で、読み返すのである。そのような依頼がきたとき、まず腰が引ける。苦手なのにな、と思っている自分に気づく。実際、苦手なのだ。授業で教わった以外、積極的に読んでいないし、知識もない。そう思いながら、かすかに驚く。授業で読んでいたときには、あんなに興奮して、あんなに好きだったのに。子どものころのほうが知識なんてなかったはずなのに。

長く残っているものには理由があると私は思っている。小説でも音楽でもそうだ。芸術なんて言葉よりはるかに私たちの人生に肉薄した、よんどころない理由があるのだと思う。ほかの国の言葉はどうかわからないけれど、日本においては小説も言葉も、驚くほど変化している。百年前の小説だってすらすらとは読めないし、千年前のものとなると外国語のごとく訳文が必要になる。それなのに、こんなにも多くの作品が現代に残っている。守るべき文化として残されているのではないと思う。これだけ時間がたっても、何か私たちにとって切実に必要だから、残っているのだと思う。

仕事というきっかけがあって古典を読み返すたびに、驚くことがある。言葉自体はむずかしいが、そのなかを分け入っていくと、じつに見知った光景や色彩が広がっていて、そのなかに、さらに見知った感情や関係が見えてくる。外国語の古典文学とは違う、もっと体感的に「わかる」感触がある。

苦手意識がありつつも、腰が引けつつも、原文にはかなわないのだろうと思いつつも、現代語訳を依頼されて引き受けてしまうのは、やはり、言葉や環境が変わり続けていくなかで、何百年たっても変わらない「わかる」感じと、それが残っている必然を、なんとか未来につなげたい、その一助になりたいと願っているからだ。

（「法政文芸」11号　2015年）

だれかと食事をともにすること

嫌いではないが好きでもない人と食事をする、ということは、もしかしてめずらしいことなのだろうか。学生のころは、当然親しい友人としか飲み食いもしない。飲み会のグループ内に苦手な人がいる場合もあるが、それが続けば飲み会に出席しなくなるだろう。だれと飲食するか、自分で選べる。

社会に出ると、好きでも嫌いでもない人と飲食する機会は増える。たいがいの人は、そういう人と飲食しているのだと私は自然と考えていたが、いや、そうではないのかもしれないと最近思うようになった。上司や仕事相手と飲むのを断る若い人も増えたというし、そもそもそういうつきあいのない会社だったり、社会に属していなければ、そんな機会もないだろう。

私は若い時分から好きでも嫌いでもない人と飲食をしていた。二十歳から小説書きの仕事をはじめたので、担当者や編集長と食事をしたり飲みにいく機会が多かったのである。彼らは私の親より少し若いくらいで、私はその年齢層の男性が非常に苦手だった。けれども、小説書きの仕事には編集者と飲食をするということも含まれるらしいと私は学び、苦手な人たちと、彼らの連れていってくれる苦手な高級店で、それこそ仕事をするように飲食をしていた。

私はそれをふつうのことだと思っていた。社会に出る、働くというのは、そうしたこと、つまり、好きなことばかりやっていられない状態を意味するのだろう、と。

年齢を重ね、小説を書く場が変わり、仕事のつきあいが増え、それと同時に、好きでも嫌いでもない人と飲食をすることはますます増えた。けれど私はそのことについてなんとも思わなかった。だってそれが小説書きの仕事（のひとつ）だから。

げ、違うの？　と気づいたのは三十代になってからだ。ある編集者に、「飲食させないとカクタさんは仕事を引き受けないって某さんが言いふらしてますよ」と言われたのである。某さんは、私の苦手な編集者。けれども仕事だからやむかたなく、誘われればともに食事をしていた。それなのに、その言われよう。ここで私はようやく認識のずれに気づいた。私は「仕事だから、しかたなくともに飲食」の部下役だとばかり思っていたが、仕事相手もまた「仕事だから、しかたなく接待」で、上司役の私と飲食しているのだ。ものすごい衝撃を受けた。なんだ、だったら早く言ってよ！　あなたとなんか食事しなかったよ！　と私は憤《いきどお》ったのだが、そもそもは、若き日に苦手な人と飲食せざるを得なかったから、それが仕事だと思いこんだ私が悪い。

以来、私はなるべく留意して、仕事相手とはおたがいのために「仕事飲食」はしないようにしている。それでも学生のときのように、自分の選んだメンバーでの飲食のみ、ということはあり得ない。一緒に食事をすると、強く記憶に残る。親しい人とのたのしい食事は覚えていて当然だが、そうではない場合も記憶される。小説を書きはじめた二十歳のとき、はじめていっしょに食事をした編集者も、その人が連れていったレストランも、私は未だに覚えている。名前さえ忘れてしまったのに。飲食させないと仕事をしないと吹聴した人との、そんなことを吹聴されるとは思わなかった食事の席も覚えている。取材旅行にいっしょにいった初対面のライターさんとの食事も、そのときの会話も覚えている。もし、飲食をともにしていなかったらきれいさっぱり忘れているのではないか。好きでもない人との食事なんて、きれいさっぱり忘れたほうがいいと思う人もいるのだろう。けれど私は、そんな記憶もおもしろく思っている。ないよりは、あったほうがいいと思っている。おそらくその人たちと、もう二度と会うことはないからこそ、覚えていたいのかもしれない。

けれども思えば、今親しい人たちも、最初は「好きでも嫌いでもない人」だったのだ。なんとなくいっしょに卓を囲むようになって、料理を分け合い、ともに酔っぱらい、そのなかで、だんだん相手を知っていって、そうして親しくなったのだ。そう思うと、どんな食事の場にも感謝したいような謙虚な気持ちになってくる。

（「大人ごはん」２０１６年４月創刊号）

事件と生活

部屋のなかのできごとばかり小説に書く、と評論家や編集者に言われて、じゃあ部屋の外を書こう、と思ったことがある。一九九六年のことで、私は二十九歳だった。生活の場ばかり小説に書く、と言われて、じゃあ生活と対極のことを書こうと思ったのは、その十年後である。生活の対極とはなんだろうと考えて、そのとき出てきた答えが「事件」だった。

そんなことを考えていた時期に、ある先輩作家と対談をさせていただいた。生活ばかり書くと言われたから今度は事件を書こうと思う、と私は考えているままを言った。どんな小説を、どんな事件を書くのか、まだ思いついてもいなかった。その先輩作家は、「事件を書いていってごらん、生活にいき着くのに気がつくよ」とおっしゃった。私はそのときあまりピンとこずに、それならまた生活を書くと言われてしまうのかなあとぼんやり考えていた。

そうして書いたのが『八日目の蟬』という小説で、書きながら、私は何度も先輩作家の言葉を思い出していた。誘拐事件を起こした女が、生活の場から逃げ続ける小説なのだが、驚くほど生活がついてくるのである。逃げ続けるための必要最低限の生活のなかで、女は生活を夢見る。大きいサイズの醤油や米を買うことに焦がれる。焦がれながら、それでも仮の生活を続ける。本当だ、生活にいき着いてしまったと幾度も思った。

この後、事件を扱った小説を書くことが重なってしまった。以前のように事件を書こうと思ったのではない。今は亡き編集者のアドバイスを思い出して三面記事を題材にしたり、恋愛小説を書きたくて書いていたら事件が起きてしまったり、と、そのときどきによって理由は違うのだが、たまたま重なってしまい、「事件ばかり書く」と言われるようになってしまった。

そう言われても、じゃあ事件と対極の何かを書こうとは思わなくなった。まさに先輩作家の言葉どおり、生活も事件も、どちらも人の営みに同様に含まれているものごとなのだとわかったからだ。

『坂の途中の家』を書きはじめる前に考えていたのはそういうことだった。そうして書き終えてみれば、やっぱり事件と生活の小説になった。

この小説の主な舞台は裁判所である。裁判員に選ばれた主婦が、乳幼児を殺害した母親の裁判に立ち会う。

連載をはじめるときに書きたかったのは、言葉の曖昧さだった。ある場面で、まったくの他人に使えば、もしかして褒め言葉になるかもしれない言葉を、べつの場所で、近親者に使ったら傷つけてしまうかもしれない。けれどももちろん、その言葉を使う側も、使われる側も、いちいちそんなことを考えて会話をしていない。だから会話は立ち止まらずに続いていく。そんなあやふやな言葉で進んでいくことがらを書いてみたかった。

裁判所には、被告人である子どもを殺《あや》めた母親も登場するのだが、この三十代の母親がどんな女なのか、裁判員のだれにもわからない。ただ彼女について語る複数人の、言葉の印象によって彼女という人は輪郭を持つ。書いているうちに、私にもこの母親がどんな人なのかわからなくなった。けれども裁判とはそもそもそうしたものなのだろう。

小説を書きはじめる前に、いくつかの裁判を傍聴した。私が驚いたのは、心証がものすごく大きく影響するように見えたことだ。身振り手振りつきで、抑揚のある話しかたをする弁護士の話にはつい引きこまれて共感し、ぼそぼそと生真面目に調書を読む検察官には苛《いら》ついた。そんなふうな、話しかたや格好や容姿に、見ている私は気持ちが左右された。証人や被告人だけでなく、裁判官や検察官にも、動揺や苛立ちが見てとれるときもあった。

裁判を見る前は、もっと機械的なものなのだろうと思っていた。見知らぬ人の、声や、化粧や、髪の色や、着ている服、口調、それらに何かの感情が加わることで、私が思ってもみなかった生々しさがにじみ出る。そして何より生々しいと私が思ったのが、それで左右される自分の気持ちだった。若いときから私は人を見た目で判断するのは馬鹿げていると思っていたし、そうしないよう注意してきた。なのに、きちんとした格好で理路整然と話す人を見れば、まっとうな意見を言っていると思い、だぶだぶのジャージでアクセサリーをたくさんつけた男性を見れば、適当なことを言うのではないかと思う。そんな具合に生々しいのに、量刑が確定し判決に至るところは、ちぐはぐに思うくらい機械的だ。

そこまで見ていても、被告人がどんな人なのかはわからない。容姿や格好で印象は左右されるけれど、印象の奥までは見えない。事件についても同じだ。何が起きたのか注意深く聞いて、理解したつもりになっても、でもわからない一点がある。そういうことをわかるために裁判は行われるのではないと私は理解した。

ではもし、よく知っている人が被告人席に座ったとしたら、よく理解できるのだろうか。その人が近しければ近しい存在であるほど、やっぱりわからなくなるように思う。その人のことを知っていた、という意識が打ち崩されるように思う。

長いあいだつきあいのある知人が、酒の席で、ものすごい暴言を吐きはじめたことがある。そんなことはたった一度きりなのだが、あれはいったいなんだったのだろうと今でも思う。いつもおだやかな人のなかに、あんなにぎっちり暴言が詰まっていたのだろうか。だれかに向かって、彼をどんな人か説明する際に、「おだやかな人」と私は言うだろうけれど、言いながら、暴言の夜を思い出しているだろう。

そんなふうに考えはじめると、自分のこともどんな人と言えるかよくわからない気もしてくる。と、いうよりも、私たちは「どんな人」と規定されるような存在ではなくて、どんな人にでもなり得るのだろう。ひとりの人のなかに、おだやかさと凶暴さは矛盾せずに共存できるのだろう。

そのような私たちが作っていくものが生活である。生活も、個人と同じくらい千差万別で奇妙だろう。ひとりで暮らすのであれば生活は自分の所有物になるが、もしだれかと暮らすのであれば、思いもよらずかたちを変える。テレビの音量、カーテンの開け閉め、どんなささいなこともすりあわせていかなければならない。そのなかでももっとも意識しないのは「言葉」ではないだろうか。意識しないうちに、ともに暮らす相手と自然に作り上げた独特の言葉で、私たちは会話をしているのではないか。

自分の書いた小説の、被告人の女は私には理解できないが、語り手の女なら理解できると思っていた。彼女の心情をたどるようにして小説を書いているのだから、書き手には心理がわかるはずである。連載が終わり、少し時間をおいて読みなおしてみたとき、もちろん語り手の気持ちはわかるのだが、ある箇所で、「すべてこの女の妄想かもしれない」と思ってぞっとした。裁判員として裁判にかかわるうちに、自身の内でどんどん妄想が肥大して現実をのみこみ、夫の言葉も義父母の言葉も幼い娘の言葉も、みな曲解しているのではないか。その思いつきにぞっとしながら、私の書きたかった言葉の曖昧さは、きっと書けたのだろうと思った。何が事実なのか、書いた自分でも一瞬わからなくなるほどには。

（「一冊の本」２０１６年１月号）

花のある生活

人はどういうシチュエーションで、だれから花をもらうんだろう?

私の場合は、仕事関係が圧倒的に多い。サイン会のあとの謝礼とか、何かの賞をいただいたときとか、新刊が出たときのお祝いだとか。仕事以外だと、友人の結婚式に飾られていた花のお裾分けくらいしか思い出せない。個人的にもらった記憶が、あんまりない。誕生日に何がほしいかときかれれば私はいつも実用品を挙げているし、サプライズで花をもらったこともない。

まだ私が二十代だったころ、友だちが、はじめてデートをしたときに、相手が花束をくれたと話していたのを覚えている。その友だちは、びっくりしたのとうれしいのとで、泣いてしまったそうだ。初デートで花を渡す男性もすごいが、泣いてしまう友人もすごい。なんというか、私とは別世界で暮らしているみたいだと、そのとき思った。

その後、二人は結婚して今も仲良くやっていることを思うと、初デートのエピソードはなかなか興味深い。相手がもし私だったら、花をもらい慣れていないゆえに、ただひたすら戸惑ったり、あるいははげしく照れて迷惑そうにふるまったりして、その後恋愛へと発展したかどうかたいへんにあやしい。花を贈る、もらう、ということに共通の思いや価値観がなければ、関係は深まらなかったろうと思うのである。

毎年、妻の誕生日に数百本の薔薇を買うとある男性から聞いたこともある。二百だったか、三百だったか、とにかくものすごい数の薔薇。これまた、実用品をねだりつづけてきた色気のない私には、ただひたすら、異世界の話である。わあ、すごいとみんなが感心しているなか、そんな、何百本も、飾るのもたいへんだし、枯れたときに片づけるのもたいへんじゃないの、と場が白けるような現実的なことを、つい口にしてしまった。

ところが、さらに驚いたことに、その薔薇は、半分ほどは薔薇風呂にするのだと言う。飾るのも、花を千切って風呂に浮かべるのも、すべて夫である彼がやるとのこと。異世界はさらに遠のいて、私は映画を観ているような気分になった。

これもまた、花や薔薇というものにたいする共通の印象、価値観がなければ成り立たない行事である。薔薇数百本ときいて「飾るのも片づけも面倒」と即座に言う私を、なんと神経のがさつな女だろうと彼は思ったろう。

恋愛の場において、花を贈るというのは、なんでもないようでいて、ものすごくデリケートで意味のあることなんじゃないかとふと思う。二人の関係性を決定してしまうくらいの。

食事の好みの合わない人とつきあえない、暮らせない、と言う人は多い。けれど私は味覚の合わない夫婦やカップルを何組も知っている。それまで嫌いだった妻の好物を、次々と克服していく夫もいるし、無理して合わせずそれぞれ好きなものを食べるカップルもいる。今日はどちらかの好きな野菜料理、きょうはもうひとりの好きなこってり洋食と、譲り合う夫婦もいる。

もしかして、食よりも、花にたいする価値観のほうが、より重要なんじゃないか。花、そのものというよりも、そういうものにたいしての向き合いかた、感じかただ。「そういうもの」とはつまり、なくてもぜんぜん生きていかれるし、絶対必要ということもなく、実用でもなく現実的でもなく、だから折り合いのつけようのないもの。そういうものについて、私たちは語り合うことをあんまりしない。食ならば、あれが好きこれが苦手と言い合うし、そのほかの、服の好みやお金のことは、ときに話しづらくとも必要に迫られて、話す。でも、花にたとえられるような、とくに必要でないものについては話すことも思いつかない。言葉ではなく行為で共有する。デートや記念日に花を贈ったりすることで。

かくいう私だって、個人的に花をもらう機会が極度に少ないというだけで、花が嫌いなわけではない。そもそも花が嫌いな人なんているんだろうか。

ついこのあいだ、個人的に花をいただいた。知人友人の集まる飲み会で、女性は私を含め三人。そこに、遅れてきたとある男性が、女性陣三人に花を持ってきてくれたのである。この方は花の仕事をされているので、そういうことに慣れているのだろう、「三人三様のものを作ってみた」と言いつつ、じつにさりげなく渡してくれた。それが、渡されたものをそれぞれ見せ合うと、本当にその人らしい。深紅の花で統一されたシックな花束、さまざまな黄色の揃う、陽射しを思わせる花束。私がいただいたのは、淡いサーモンピンクの花々でできた花束。ピンクだけれど甘くない印象のもので、なんだか、ものすごくうれしかった。

もちろん帰って、だいじに飾った。個人的に花をもらって、たしかに私もうれしいということがわかって、ちょっとほっとしたりもした。

（「GINGER」２０１２年２月号）

植物や花々と暮らす

植物と相性が悪いらしく、どんな観葉植物を買ってきても、枯らしてしまう。お店の人の言うことをきちんと守って水をやったり陽にあてたり、ときには薬をまいたりもしているのに、である。サボテンですら枯らしたことがある。

とくべつなんにもしなくても、その人のもとでは植物がぐんぐん育つ、ということがあって、そういう人は「緑の手」の持ち主というのだそうだ。逆に私のような人は「火の手」の持ち主。残念だけれど、やむかたない。

部屋に飾る植物や花にかんして、私はちょっとすねたようなところがあるのは、そのせいだと思う。まず自分では買わない。どうせ枯れてしまう、と思っている。それでもやっぱり人のおうちに遊びにいって、ちょっとしたところに花が飾ってあったり、窓際で立派なベンジャミンが陽を受けていたりすると、ああ、いいなあ、と思う。植物は無理だけれど、せめて、花は飾ろうかなあ、と思う。

最近は、どの花屋さんでも手頃な値段でブーケを売っている。花の知識がない私のような人間にすれば、あれはたいへんに便利。サイズもこぶりで、お洒落なうえにいろんな種類がある。大人っぽくまとめられたものとか、色合いで統一されたもの。でも、思うだけで、なかなか買わない。ずいぶんなすねようだと、自分でも思う。

四年くらい前からマラソンをはじめて、雨の日以外の週末は、かならず走っている。家の近所に川があり、この川沿いをずっと走っていくと、広大な公園になる。公園のつきあたりまでいって帰ってくると、だいたい十八キロ。

じつは運動が苦手で、友だちに誘われてはじめたランニングだけれど、そんなに好きではない。ただの義務感で走っているようなところもある。けれど二年前に、ふいに気づいた。季節が巡っている！　と。そんな当たり前のこと、と思うなかれ。私だって頭では知っている。

私の走る川沿いの道は、自然が多い。広大な公園は木々に埋め尽くされ、広場や原っぱがいくつもある。公園を出ても街路樹が多く、住宅街にさしかかると今度は家々の軒先に花壇やプランターが並んでいる。川を縁取るように植わっている木は、みな桜である。

自然が多い、というのは季節をダイレクトに感じられるということなのかと、そんな当たり前のことに二年前、気づいたのである。しかもその季節は、巡っている。

夏があんまり暑いと、寒いとはどういう感覚か、忘れたりする。このまま永遠に冬なんかこないのではないかと思う。異常気象だと言われているときも、このまま東京から秋はなくなるのではないかと思ったりする。

けれど、どんなに異常気象でも、どんなに夏日が続いても、ある日急に、銀杏《いちょう》の葉は黄色くなり、ケヤキやモミジは赤くなり、桜は落葉する。秋にしては寒くない、と思いつつ、でも確実に夏の陽射しや空気とは違うことがわかる。

このような四季の変化が、毎年毎年、くり返されている。その律儀さ、正確さをあらためて思うと、びっくりする。すごいことだ、と思う。

そのことに気づいてから、走ることはあいかわらずつらいが、さほど苦でもなくなってきた。季節が変わっていくことを五感で感じることがたのしくなってきたのである。

秋が終わり、空が高く、木々が茶と灰色になる冬を経ると、まだ空気は冷たいのに、ふわんとあまやかなにおいが空気にまじるようになる。そうすると茶色と灰色の木々ばかりだった視界に、じょじょに色合いが増えはじめる。家々の軒先の花、芽吹く木々の枝、道ばたに咲く、私が名も知らぬ花。そして桜がゆっくり芽をふくらませ、あるとき突然ぱあっと開花し、視界がピンク色に染まる。うわあ、といつも思う。毎年見ていても、魔法のようで驚く。季節が巡ることの、なんという不思議さ。この時期はものすごい人出で、時間を選ばないと走ることもできないくらいなのだが、その混雑や喧噪やはたまたバーベキュー臭にすら、桜の花はちっとも負けていなくて、堂々とみっちりと頭上を埋め尽くしている。

それもほんの短いあいだ。風と雨で花びらは散り、川面を絨毯のように埋め尽くす。そうすると今度は緑が濃くなってくる。黄みがかったの、葉裏の白いの、みっしり枝を覆うもの、それは多種多様な緑がいっせいに主張しはじめる。まだ暦の上では春だが、夏の、あの湿気《しっけ》たにおいがどこからか漂ってくる。

家で植物を育てられず、花を飾ることもめったにない私は、なんとなくそのことを恥じていたのだけれど、なんだ、毎週走ることで、植物や花々とともに暮らしていたのだな、と気づいた。葉を落としてもまた芽吹き、枯れてもまた咲く、終わることのない光景と。

（「GINGER」２０１２年３月号）

初恋の記憶

初恋、というのはたいがいどこかで終わる。初恋の相手と添い遂げる確率は、うんと低いと私は思っている。もちろん例外はある。私の友人は初恋の人と結婚して、二十年以上たった今も仲良しである。でも、そんなのは稀だ。初恋は叶わないか、叶ってもやがて終焉を迎える。

ボートジンクスというものがある。某公園の池の貸しボートに乗ったカップルは別れる、というのが、それ。私もそういう池でいっしょにボートに乗った恋人とは別れた経験を持つ。でもこのジンクス、よく考えてみれば、初恋は終わる、のと同義ではないか。公園の池でボートに乗る、なんてことは、はじめての交際だからやってしまうような行為だ。恋愛慣れ、デート慣れした人は、公園の池のボートではしゃいだりはしないと思うのだ。ボートに乗ったから別れることになったのではなくて、はじめての交際だから、ある必然として終わるのではないかと、私は思うのである。

初、とつくものはなんだって、やっかいだしたいへんだし、しんどい。そして、みっともない。年齢が上になればなるだけ、そのことに自覚的になる。三歳の子がはじめて海に入る躊躇《ちゆうちよ》と、泳いだことのない二十歳のそれとは、ものすごく異なるだろうと思う。十歳で初恋、十二歳で初デートをしていれば、たいへんさもみっともなさも感じずにすむかもしれないが、もっと成長してからだと、しんどさやみっともなさと向き合わざるを得なくなる。

女子校出身ということもあって、私がはじめて好きな男の子とデートしたのは十八歳のときだ。うれしいとか、わくわくするとか、そんなことより、必死だった。おかしなことをしないように。嫌われることをしないように。緊張を悟られないように。おもしろくないと思わせないように。デートがはじめてだと思われないように。意識するあまり、お洒落《しやれ》もできなかったし化粧もしなかった。ばっちりきめてデートに臨んでいると相手に思われたくなかったのだ。

それまで読んできた漫画や観てきた映画では、初恋ってもっときれいですばらしくていとしいようなものだった。でも、現実はこんなにもみっともない！　と、必死すぎる自分に鑑《かんが》みて、思ったものである。

私の友人に、酔うとかならず「はじめてキスしたのはいつ、どこで？」と訊く人がいる。初対面の相手にも、うんと年長の人にも、高名な文化人にも、平等に同じ質問をする。「えっ、こんな有名な人にそんなこと訊いて平気なの？」とこちらははらはらすることも多いのだが、訊かれた人はみんな、いやな顔ひとつせず（むしろにやけて）告白することが多い。かえって、若い人のほうが答えにくいようである。

それを見ていて、気づいた。若い人は初デートや初キスの、あのたいへんさやみっともなさを、きっと今も生々しく覚えているに違いない。だから突然そんなことを訊かれて、オイソレと答えられないのではないか。その質問に答えることイコール、みっともなさの露呈になりそうで。

それに反して年齢が上の人ほど、答えることに躊躇がない。どのようなシチュエーションであったかをことこまかく話してくれる人もいる。彼らのにやけながらの告白を聞いている周囲もいつしかにやけ、いい思い出だ、うらやましいなあ、なんて言い合ったりする。よくよく考えてみれば、その答えはじつに地味で、「十七歳のとき、公園の暗がりで」（五十代男性）とか、「二十歳のとき、今の妻と橋の上で」（七十代男性）とか、とくべつな場所でもないのだが、彼らの話を聞いているときは、なんだかとてもすてきな記憶であるように思えるのだ。

つまり、初恋や初キスというものは、私たちがそこから遠ざかれば遠ざかるだけ、みっともなさもしんどさも消えてゆき、かつて漫画や映画で読んだり観たりしたような、きれいですばらしくていとしい何かへと変容していくのではなかろうか。私が覚えている、初デートのあの滑稽な必死さも、たぶんこの先二度と味わうことはないだろうと思うと、たいせつな記憶ではある。

子どものころ、キスはレモンの味がすると、流行歌だったか漫画だったかで見聞きして、そのように思いこんでいたことがある。もう少し成長すると、レモンではないかもしれないが、でも、甘やかな清涼感のある何かではないかと想像した。もっと成長すると、そんなことがあるはずがない、と恋愛未経験でもわかる。それはキス前にレモンのにおいのガムを嚙んだり、マウススプレーをシュッとしたりするからそうなるのだろうと、至極現実的に思うのである。そして、悩む。でも、いったいいつそれをしたらいいのだろう？　いつキスをすることになるかなんて、わからないではないか。そうしてさらに成長し、そういう瞬間の前に、レモン味のガムもマウススプレーもあり得ないのだと身をもって知る。でもきっと、あと二十年、三十年後、初恋からはるか遠ざかって、私は堂々と言っているかもしれない、初キスはレモンの味がするものなのだと。

ヴィンテージワインのように、時間の奥に沈殿させれば、どんな初恋もゆたかで奥深い味わいを醸《かも》し出すものなのだろう。

（「GINGER」２０１２年４月号）

こんなことしてていいのか日記

1

仙骨《せんこつ》を折った。

仙骨というのは、骨盤の真ん中、背骨の下、尾骨の上の骨のようである。そんなところにそんな名前の骨があるとは知らなかった。骨折ということ自体がはじめてなものだから、私は骨折した骨折したと騒ぎまくった。とくに仙骨は、肋骨《ろっこつ》などと同じくギプスなどをつけるわけにいかないので、痛み止めを飲み湿布を貼ってあとは安静、という、ハタから見たらたいへんわかりにくいところなので、なおのこと、言いたくなる。

二年前、階段から落ちて尻を強打したときは、歩けなくて松葉杖を用いたが、仙骨は折れていても歩ける。痛いけれど歩ける。ところで、二年前も今回も、転倒したと言うと一様に「飲んでいたのか」と問われるが、違う。打撲は雨の日に階段からすべって落ち、今回は登山中、岩場で転んで尖った岩の上にしりもちをついた。どちらも素面《しらふ》のときである。

仙骨を折って困るのは、ひとつは仕事。長時間座っているのはよくないらしい。けれど私の仕事は長時間座らないと成り立たない。立って書くのもヘミングウェイみたいでかっこいいが、慣れるまで時間を要するだろう。結局ドーナックッションなるものを買い、仙骨部分をドーナツの穴に入れるようにして座り、長時間に耐えている。

もっと困るのがランニング。八年前から週末はランニングをしている。走るのは好きでもなんでもないが、習慣になってしまっている。しかも二か月後に大会があるが、とてもじゃないが痛くて走れない。土曜日曜、目覚めて、走らなくてもいいので、猫にごはんをあげてゆっくりと新聞を読んだりする。ものすごく悪いことをしている気持ちになる。だれかをだまし、ばれないのをいいことにさらなる悪事を目論《もくろ》んでいる気になる。習慣とはおそろしい。八年間、毎週末ずーっと走っていると、走らない＝サボりという感覚になるのだ。怪我で走れないのだと自身がいちばんよく知っているのに、ずるしている気持ちになる。

怪我をしてから二十日後、痛み止めを飲まなくても平気になったので走ってみた。すると、なんてことだろう、八キロを過ぎたあたりから猛烈に脚がだる重くなって、タイヤでも引きずって走っているかと思うくらいつらい。十キロ地点ではすでに筋肉痛である。筋肉をつけ、維持するのに八年もかかっているのに、落ちるのはこんなにすぐなのか。小説も、書かなくなったらきっと一瞬で書きかたを忘れるのかもしれないなあと不吉なことを考える。

それより大会どうしよう。大会までに筋肉を取り戻せるのか。そんなことで悩む日々。

2

スペイン、イタリアにいった。

その二国で、『八日目の蟬』の翻訳本がほぼ同時に発売されたため、それを宣伝する行商の旅である。スペインのマドリッドに着いたのは夜だったのだが、空港で落ち合った仕事相手の方々と飲みにいき、四人でワインを三本飲んだ。翌日の昼、打ち合わせで食事にいって四人でワインを一本。その日の仕事を終えて、ゴールデン街に似た飲み屋街を五人で練り歩き、五本のワインを飲んだ。その翌日は二人で二本。

なんだかみんなが毎日おもしろいように飲むので、滞在中に何本飲むのだろうと数えてみたのだった。

スペイン最後の日は本のPR会社（というものがあるらしい）の会議室で、朝十時から昼食を挟んで夕方五時まで、びっしりと取材が入っていた。ある雑誌の編集者が、「この小説は誘拐犯の味方をさせようとしているが、それは作者の意図か」と訊く。

「意図ではない、ただ小説のなかに善悪の判断を持ちこみたくないとは思っている」と答えると、釈然としない顔。彼は似たような質問をいくつかしたあと、「なぜあなたはこの誘拐犯に、こんなせりふを言わせたのか。これを読んだら、彼女に肩入れしてしまうではないか」と言う。誘拐した子どもと引き離されるときに女が叫ぶせりふのことである。それを聞いて、はっとした。この人、もしかして心を動かされたのではないの？　このせりふ、三食ちゃんと食べる習慣のない国では、通用しないと思ったのだけれど、そうだったのならうれしい。へとへとになって、この日は三人でワイン三本。

イタリアはローマに移動したのだが、こちらは大忙しで、私はローマを五十歩くらいしか歩いていない。ホテルとイベント会場とレストランの車移動のみ。こちらもびっちりと取材。時間通りにこない人がいたり、なぜか朝いちばんにきている人がいたり、六番目なのに三番目の時間にきている人がいたり、めちゃくちゃなのに不思議とうまく進行する。翌日はボローニャ大学に向けて出発。日本語学科の学生たちの前で、イタリア人作家、翻訳家たちと鼎談《ていだん》をする。

イタリアのインタビューでおもしろかったのが、すべての取材者・質問者が「小説に登場する宗教団体は実在するのか」と訊いたこと。老若男女全員だ。それが興味深かった。

イタリアでは、意外なことにスペインほど飲む人がいなかった。

自分のグラスにつぎ足すついでに隣の人にもつぎ足そうとしたら、「もういらない、あなたどれほど飲むのか」と呆れられた。

駆け足の旅だったがたのしかった。一週間で飲んだワインは二十二本。グラスワインは除く。

3

夏休みも、ゴールデンウィークもない。まとまった休みがとれるのは正月だけ。そんなわけで、このところ正月に一週間程度の短い旅をしている。今年は年が明けて三日深夜に羽田を発ち、バンコク経由でカンボジアはプノンペンに向かった。

着いたのは午前中。ホテルに荷物を置き、早速町を歩く。はじめて見るプノンペンの町は、混沌とした、ごった煮鍋のようだった。広大な市場のものすごい熱気、ずらりと並ぶ飲食屋台のわけのわからなさ（何をどんなふうに売っているのかが、ぱっと見ただけではわからない）、車線などいっさい関係なく縦横無尽にいき交うバイク、自転車、トゥクトゥク、自動車。一昔前のタイにも似ている気もするが、やっぱりぜんぜん違う。町に意味不明のパワーがあって磁場自体がエネルギッシュだが、人々の奥ゆかしいおだやかさのせいか、町全体が混沌のまま落ち着いている。クラクションが鳴り響いているのに、騒々しくない。

その喧噪に疲れ、公園わきにある飲みものの屋台で瓶入りジュースを買った。注文してから、これがプノンペン着のはじめての買いものであり、値段の相場をまったく知らないことに気づいた。屋台の若き主《あるじ》は飲みものを差しだしながら「一ドル」と言う。一ドルは四千リエル。

ジュースを飲みながら芝生に座ると、若き主がプラスチックの椅子をどこからか持ってきて、にこにこと勧める。あ、と思った。これはぼられたな。くそう、椅子なんかでだまされないぞ。この形式の屋台でもう二度と買うもんか。そののち、ジュースの相場は二千リエルだと知った。

若いころにさんざん貧乏旅行をしたときの癖が未だに抜けない。一ドルのものを二ドルと言われただけでカッとする。ぜったいぼられまいとする。お金の問題ではない。だます、だまされるで成り立つ関係がいやなのだ。貧乏旅行をやめてから十五年ほどもたとうとしているのに、このジュースを皮切りに、法外な値段を言うトゥクトゥク運転手にくってかかったり、「お金がないの、あなたの言う値段は高すぎる」と必死に値切ったり、考えるより先に反射的にしている自分を、呆れつつ、ほんの少しあきらめつつ、眺めていた。

そして夕食後、バーでしこたま飲み、会計をお願いすると、レシートに七十二と書いてある。たしかにそのくらいは飲んだよな、とドル札を十、二十と数えていると、お店の人があわてて止めた。ドルではない、リエルだと言う。よく見れば、七十二の下にゼロがたくさんあって、数えてみれば七万二千リエル。ドルにして十八ドル。飲み代だけはいくらと言われても納得するほどには、大人になったらしい。

（「すばる」２０１５年１月号〜３月号）

においではじまる冬

ふだん、においにはそんなに敏感ではない。季節を知るのは、だからにおいによってではなくて、食欲や温度や、空の感じによって、だ。甘党ではない私がモンブランを食べたくなると、それは秋の到来だし、空気が生ぬるくなると、この感じは春だ、と思う。梅雨がまだ明けていなくても、空がすこーんと高ければ、ああ、夏だなあと思う。

けれど冬だけは、私はにおいで知る。

冬のにおいにはじめて気づいたのは二十歳のころだ。その当時すでに仕事をしていた私は、仕事相手である年長者と居酒屋で飲んでいた。年長者が会計をしているあいだ、先に出ていて、と言われて、引き戸を開けて夜の歩道に出たとき、す、と何かが鼻先をかすめた。昨日までは漂っていなかったにおい。

はじめて嗅ぐのに、私はそれが冬のにおいだとすぐわかった。まだ寒くない。でも冬だ、と思った。そのにおいは鼻先をかすめて、すぐに消えた。会計をすませて外に出てきた年長者に、私はそのことを言わなかった。たぶん伝わらないだろうと思ったのだ。

それからほとんど毎年、冬のにおいに気がつくようになった。いつも夜。そしていつも、居酒屋やレストランやバーから外に出たその瞬間。あ、と思ったときにはもう、消えている。そうして私は冬のにおいを嗅いだことを、ともにいた人に言ったことがない。このにおいを説明するのはむずかしい。

食べもののにおいとは違う。冬服の、ウールや綿のにおいとも違う。乾いていて、きりっと素っ気なくて、どこかなつかしくて、冬っぽい。冬のにおいを嗅いだ一瞬、夜の町に光景が浮かぶ。遠くに並ぶ、葉を落とした木立、グレイの空とグレイの空気。どこでもない、私の思う「冬」の景色だ。数年後、モスクワで飛行機を乗り換えたとき、窓の外から私がずっと思い描いていた架空の「冬」が、そこに広がっていてびっくりした。ここに、現実にあったのか。なぜ見たことがないのに、私は思い描くことができたのか、不思議だった。

この冬のにおいが漂ってから、秋はうしろ姿を見せる。そうして気づけば冬になっている。

冬になると、あのにおいが合図だったかのように、町はにぎやかになる。

夜は明かりの色が秋より一段明るくなり、昼は日射しがすべてのものの輪郭を際立たせる。においもにぎやか。電車に乗ればナフタリンのにおいがし、雨が降れば濡れたウールがにおう。にぎやかな町を歩けば、焼き鳥や牛丼のにおいが夏より強く感じられ、住宅街を歩けばカレーや焼き魚のにおいが、ほかの季節より近しく感じられる。駅前にはラーメンの屋台や、焼き芋屋さんのトラックが停まり、そこからもおいしそうなにおいが漂ってくる。流れる湯気を見ると、なぜかやさしい気持ちになる。

そうして冬にはクリスマスがあり、それが終わると一年の最大イベント、年越しがある。年が明けても節分、バレンタインデーと行事は続く。冬はあわただしい。

あたらしい年に変わると、いつも私は近隣の神社にいく。ほとんどの店がシャッターを下ろしていて、町は静かである。車も多くなく、歩いている人の姿はほとんどない。住宅街にさしかかると、静けさはもっと深まる。寒さも深まる。家々の明かりが静かにともっている。この、しーんとした夜のなかを歩いていると、す、とあの冬のはじめのにおいが漂ってくることがある。

町はあれほどひとけがなかったのに、神社に着くとものすごい人出で毎回驚く。参拝の列は長いし、屋台がびっしり出て、家族連れもグループ連れも酔っ払いも歩いている。においも一気ににぎやかになる。お好み焼きの、焼きそばの、唐揚げの、もつ煮の、おでんの、日本酒のにおい。これもまた、冬の、年越しのにおいである。

味覚と違って、においは他人と共有でき、まったく同じふうに嗅いだことを確認できる。お鮨屋さんで、きつい香水のにおいに友だちとしかめた顔を見合わせることもありこ、街角で焼き肉のにおいを嗅いで「おなか空いたね」と言い合うこともある。けれどこの、冬のにおいはどうなんだろうといつも思う。「今、冬のにおいがしたね」と言い合うことは可能なんだろうか。

このにおいの正体は、案外つまらないものかもしれない。乾燥した空気に、埃《ほこり》っぽさと排気ガスとがまじったにおいだったりするのではないか。私が今まで一度も、冬のにおいを嗅いだことを同行者に告げないのは、そんな味気ない指摘を受けるのがこわいからなのかもしれない。

（ANA3ズール　2012年冬号）

サイン本

好きな役者なりアーティストなりミュージシャンなりに、サインをもらえる機会があれば、私は喜んでサインをしてもらう。でも作家にかんしては少々異なる。サインはほしいが、サインを下さいと言えない。サインをもらうことに微妙な抵抗がある。たとえその作家の本を数十冊持っていたとしても。

その微妙な抵抗、確たる理由はわからない。私自身が、自著に署名をすることに謙遜でもなんでもなく、まっさらな本に、自分の汚い字で自分の名前など書いていいのだろうかといつも思うのである。ものの書きの人はだれもみな、私と同じためらいと遠慮とはいわないが（たいていの人は字がきれいだし）、自著に名前を書くことに「困ったな」というためらいがあるのではないかという思いこみから生じた抵抗かもしれない。

あるいは自意識。その作家のことをものすごく好きで、その作家がいなかったら確実に世の中の色合いが違っていたと思うほどだが、でも、サインを求めてしまったら、自分は一生作家と名乗れないのではないか、という、少々歪んだ自意識のせいかもしれない。

そんなわけで私はサイン本というものを一冊も持っていない、と書きたいのだが、じつは二冊だけ持っている。

一冊は、池澤夏樹さんの『海図と航海日誌』。一九九五年の出版時、住まいの近くにある書店でトークイベントが行われることになった。サイン会付き。今もだが、当時はもっと熱狂的な感じでこの作家を好きだった。ひとりならば絶対にいかなかったが、私以上にこの作家のファンだったボーイフレンドに誘われた。私はすでに作家として仕事をしていた。しかしサイン会の経験はなかったから、この誘いにかすかな躊躇を覚えたとしたら、サインにおける自身のためらいの投影ではなく、自意識によってだろう。しかしながら、こういう人を作家というのならば私は作家では断じてない、今後も断じてないだろう、と、ささやかな自意識が吹き飛ぶくらい、私は池澤氏の小説が好きだった。それでボーイフレンドとともに、そのイベントに申しこんだのである。

トークイベントとサイン会、つまり対面してサインをもらうのだと思いこんでいた私は、作家本人に何を言うか言うまいか、激しく思い悩んでいた。ところが私の勘違いで、サイン本付きトークイベントだった。イベント参加者には、あらかじめサインの入った本が配られるのである。

対面せずにほっとしたことも覚えているが、生で見た池澤夏樹という作家の静かな佇まいも、そのときの話も覚えている。今も本棚にあるこの本は、私がはじめて手にしたサイン本であり、また、はじめて自主的にいった作家のトークイベントである。

もう一冊は、サイン会でもサイン本付きイベントでもない、古書店で入手した本である。友人家族の営む古書店に赴いた際、たまたま見つけた『ベトナム戦記』に、開高健氏のサインが入っているではないか。雑誌などで見覚えのある、あの独特の丸っこい文字で。ぎょっとした。

私がデビューしたのは一九九〇年、開高健氏が亡くなったのはその前年である。さらに私がこの作家のファンになったのは一九九五年、『輝ける闇』を読んでからだ。それ以上に「間に合わなくてよかった」という気持ちがどこかにあるのだが、それ以上に「間に合わなかった」とも思うのである。他人の小説にも、自分の小説同様に厳しい作家だとたくさん聞かされたから。

会いたくて、会いたくなくて、それ以前にもう会うことのかなわない作家のサイン本を、もちろん私は買い求めた。

この二冊を私は本棚にしまいこんでめったに出さない。でも「持っている」という意識はつねにある。自著に署名をする機会は以前より多くなったけれど、自分の名前を書きながら、ときどき恥ずかしくなる。私の本棚にしまいこんであるこの二冊にはとうていかなわない自分の仕事が、恥ずかしくなるのである。

（「日本近代文学館」２０１７年3月15日）

さいはての先の未知

アートディレクターの北川フラムさんに声を掛けていただいて、石川県の珠洲にいくことになった。フラムさんは二〇一七年秋に珠洲全域で開催された奥能登国際芸術祭の総合ディレクターを務めた。約二か月のあいだ、珠洲の約四十か所にアート作品が展示されたという。

今回私が呼ばれたのは、その芸術祭で使われていた「さいはてのキャバレー」でフラムさんと公開対談をするためだ。この「さいはてのキャバレー」はもともと空き店舗だった海沿いの建物で、芸術祭のときに作品として展示されたもの。現在は貸しスペースになっている。

私は日本国内を旅したことがまったくといっていいほどないので、地名や地理に極端に疎《うと》い。珠洲、と聞いたときも、何県かきちんと理解していなかった。それなのに、何か心にひっかかるものがあった。しかしその「ひっかかり」がなんだかよく考えもしなかった。

珠洲にいく日が近づいて、ようやく思い出した。二十歳のころに私はひとりで珠洲を旅したのだった。「珠洲」と漢字を見たときに「すず」と読めたのは、だからだ。

それがわかっても、しかし謎は深まる。二十歳の私は、なぜ珠洲にいったのだろう。私は昔から時刻表がまともに読めないし、はげしい方向音痴だ。珠洲までどうやっていって、どうやって帰ってきたのか？　珠洲という言葉とともに黒部ダムや宇奈月温泉という名称も浮かぶが、地図で見ると、時刻表も読めない若者が、スムーズに移動できるほど近くはない。でもきっと、どうにかしていったのだ。まず、宇奈月温泉方面に泊まって珠洲を目指した。珠洲が私の目的地だった。

それだけはかろうじて思い出せたものの、いっそう謎は深まる。珠洲に何があったのか？　何を目的としたのか？　わがことながら、まったく思い出せないのである。

公開対談の日の午後、能登空港に市役所の方が迎えにきてくれた。能登空港から珠洲の市街地に向けて車で走りながら、窓の外をじーっと見ていたが記憶と重なる光景は何ひとつない。私は三十二年前に珠洲にきたんですよ、と市役所の方に言うと、どこに泊まったか覚えていますかと訊く。

そういえば、ユースホステルのような料金の安い宿に泊まったのだが、その料金のわりにはどっしりした建物で、部屋も立派だった、と答えるやいなや、「建物は木造ではなくて鉄筋でしたか？」と市役所の方が訊く。わからないが、でも「どっしりした」という印象は、きっと鉄筋コンクリートの建物だったからなのだろう。そう言うと、「それは木ノ浦荘だ」と即座に返ってきた。国民宿舎だったが、今は「奥能登すず体験宿泊施設　木ノ浦ビレッジ」というあたらしいコテージ型の宿になっているという。

翌日、その場所に連れていってもらった。一気に記憶が蘇った。かつての建物はなく、まだあたらしいコテージが並んでいるのだが、でも背後に見下ろす海の、広大で、かつ荒涼とした感じは、しっかりと記憶にある。しかしまた、なぜこんなさみしい場所にひとりで泊まりにきたのか？　またあらたな謎を抱え、コテージをあとにした。「この先に灯台があって……」と車を走らせながら市役所の方が言い、私は意識するより先に「灯台！」とくりかえしていた。なんだろう？　でもなぜかひっかかる。時間もあるし、寄ってみましょうと市役所の方が親切にも言ってくれる。

狼煙《のろし》という道の駅に車を停めて、坂道を十分ほどのぼる。ああ、ここを知っている。三十二年前は道は舗装されておらず、もっと木が鬱蒼としていた。路線バスで知り合ったおじいさんが、いっしょにいってあげると言って途中下車して、連れていってくれた、そんなことまで思い出す。坂をのぼりきると視界が一気に開け、奥に白い灯台があり、その前に「能登半島最先端」と書かれた看板がある。「これだ！」と思わず叫んだ。そうだ、私は最先端を目指したのだ。ここここそが、二十歳の私の目的地だった。

なぜ最先端を目指したのかはわからないが、どうせ私のことだ、失恋したとか、何かがうまくいかないとか、落ちこむことがあったのだろう。かなしい気分でさいはての地をめざし、荒れる日本海を眺めたかったのに違いない。深まる謎が解けてみれば、二十歳の私はずいぶんと陳腐な思考でわかりやすい行動をしていたのだなあ、と思うが、同時に、その陳腐さがここまで私を連れてきたのかと感慨深く思う。携帯電話もアプリの地図もなかったのに。

私は想像する。かなしみにひたるために最先端を目指し、でもきっと、途中からさいはてを目指すことが目的になったろう。最先端も日本海も知らなかった私は、見も知らぬおじいさんと山道を歩きながら、未知にわくわくしていただろう。陳腐な思考とわかりやすい行動の先に、未知に触れる興奮があるとこのとき気づいただろう。その後、私は世界を旅することに取り憑《つ》かれるが、未知の世界はこのさいはての先にあったのだ。

灯台から市街地に向かうと、田んぼや畑のなかに突如、アート作品があらわれる。二〇一七年の芸術祭後も残されている常設展示だ。色鮮やかなもの、ワイヤーでできたような家、漂流物が積み重なったようなオブジェが突如、日常にまじりこんでいる。非日常と日常と、過去と現在が入り交じりはじめる。たしかに私はこの町に三十二年前にきた。でもやっぱり、今現在、この町はふたたび私には未知だ。現在から先はいつも未知だ、二十歳の私にも五十二歳の私にも平等に未知だ。

（「日本経済新聞」２０１９年4月28日）

私たちの暮らし

ずっとそこにあった店舗がなくなって、見慣れていたよりずっと大きな空が見えたりするとびっくりする。ぽっかりと空いた空間を見つめて、ここ、前はなんだったっけと一瞬思う。すぐに思い出せることもあれば、なかなか思い出せないことも多い。

一週間前には、まだそこに何かしらの店舗があったはずなのに、それがなんの店だったのか思い出せない。頭のなかに、更地と同じような空白が広がり、漠然とした不安を覚える。それからじわじわとさみしくなる。思い出せないにせよ何かが確実にそこにあって、でも今はない。早晩見慣れない何かがあたらしくできる。そのことがさみしい。けれども、見慣れない何かがあたらしく建って、数日、数週間たってしまえば、それはもう見慣れた景色になって、さみしく思ったことなど露とも思い出さない。それが私たちの暮らしだ。生きるスピードだ。

ところで、私の家の冷蔵庫はしゃべる。正確にはアラーム音だ。冷蔵庫のドアを長く開け放しておくと、ピーーー、と注意を促すアラーム音が鳴る。これが私には声に聞こえる。ほら、開けっ放し！　と言われているように思う。

しゃべる家電はほかにもある。炊飯器や食洗機は「終わったよ！」と言う。ときどき「終わったから早く片付けて！」と聞こえるときもある。

小憎たらしいのは体重計だ。いつもはしゃべらない。しんとしている。けれどときどきしゃべる。どんなときにしゃべるのか気をつけて見ていると、どうも、体脂肪が増えすぎているときに、ぴぴぴぴぴッ、と鳴る。そのことに気づいてからは、その音がもう声に聞こえる。「太ったよッ！」としか聞こえない。いやなことを言うなあ、と顔をしかめてしまう。

それらの音というか声には、すべて「！」マークがついて聞こえていて、私にとってあまり好ましくない。忙しくて余裕がないときなど、「うるさいよ！」「わかってる！」とつい答えてしまうときもある。これらが壊れて、次にあたらしいものを買うときは、静かな機械を買おうといつも思っている。しかしなかなか壊れないので、もう十年ほど、叱られながらいっしょに過ごしている。

以前はどんなふうだったっけ、と考えてみるが、思い出せない。炊飯器や洗濯機はどんな音で作業の終了を告げていたのだっけ。冷蔵庫が注意を促さないせいで、戸を開け放したままにしたことはあったのか。

こういう機械音がなかったからといって、でも、静かだったわけではないだろう。ご飯が炊ける音も、湯が沸く音も、掃除機も、今よりずっと耳障りだったような気もする。思い出せない。思い出せないことに、見知った店舗がなくなったときのようなさみしさすらも感じない。すでに慣れすぎているんだと思う。

ならば、もし今手持ちのしゃべる機械が壊れて、あたらしい無音の機械を取りそろえたとき、私はこの「開けっ放し！」とか「終わったよ！」がない家を、さみしく思うのだろうか。この静かな機械が壊れたら、次はやっぱりしゃべる機械にしようと考えたりするのだろうか。

建物よりも、もっとずっとひそやかに、奥ゆかしく、それまでの存在を気づかせることなく、今まであった音は消えていく。はさみが切符を切る小気味いい音、固定電話のけたたましい呼び出し音、レコードの雨のような音、パチンコ屋さんの前を通ると聞こえたにぎやかな音楽。いつから耳にしなくなったのか、思い出せないくらいそれらはさりげなく消えて、あたらしい音に変わっていく。

変わるだけで、町から、私たちの暮らしから、音が消えることはない。あたらしいにぎやかさ、あたらしい耳障りのなかで私たちは暮らしていく。町の変化にはいちいち戸惑う私も、音の変化は気づかないうちに受け入れて、しゃべる家電に無意識に口答えしながら、この先も暮らしていくのだろう。

けれども一方で、昔からあり続けて、ふだんはなんとも思っていないような音が、いつのまにか聞こえない暮らしにはなってほしくないとも思う。虫の声とか雷鳴とか、どこかの犬の鳴き声、木々の葉のこすれる音、土砂降りに変わる瞬間の音、子どもの澄んだ笑い声や赤ん坊の威勢のいい泣き声なんかが。それらが聞こえない暮らしは、やっぱりずいぶんさみしいと思うのだ。

（「しんぶん赤旗」２０１９年１月９日）

言葉のない会話

猫を飼うようになって知ったことのひとつに、猫は人の言葉を理解する、ということがある。犬はきっと人間の言葉を理解できるだろうけれど、猫はしないだろうと思っていた。まったくの誤解だった。

それから猫は話もする。人間の言葉ではなく、鳴き声のニュアンスや顔つきや態度で、言いたいことを伝える。猫を飼っていないときの私が聞いたら、「猫に夢中の、気の毒な人だなあ」と呆れただろう。でも、本当だ。

もちろんあまりにも入り組んだ話はできない。でもそれはもしかしたら私が入り組んだ話をできないからかもしれない。複雑な世界情勢について語ることのできる人の飼い猫は、そういう話もできるかもしれない。

猫をケージに入れて電車に乗っていたところ、隣に座った八十代くらいの女性が「まあ、猫ちゃん」と気づいて、「かわいいわねえ、お名前はなあに」と訊いてきた。トトです、と猫の名を答えると、ケージに顔を近づけて「トトちゃん、トトちゃん」

と呼び、「今、呼んだらこっちを見たわ！　なんて賢いの」とべた褒めをしてくれる。猫が好きで、飼いたいが年齢的に飼えないので、近所の地域猫を眺めることで我慢しているのだと言う。そういえば、このあいだテレビで、と彼女の話は続く。猫を褒めて育てるのと、そうでない場合と、どう違うかの実験をテレビでやっていたのだという。その実験結果は、彼女が見ても歴然と違ったらしい。

お利口ね、かわいいね、えらいねと連呼されて育つ猫は、毛づやがよく生き生きとしている。褒めない場合っていうのは、こら、ば……と言いかけて彼女はシマッタという顔をし、ケージのなかの猫をちらりと見る。

どうやら、馬鹿、とか、だめな子、などと言って育てるのだと彼女は説明したいのだが、そういうネガティブな言葉を猫の前で言ってはならないと、そのテレビを見ていて思ったのだろう。

「馬鹿と言ってはいけないのよ」と言いたいのに、猫がいるからその言葉が言えない。やむなく彼女は私だけに見えるように口元を隠し、「ば・か」と声を出さずに口を動かして見せ、「こんなふうに言われ続けて育った猫は、本当に目に元気がなくて、ちいさくて、かわいそうだった」と言う。

だから猫は、きっと猫以外の動物も、いい言葉を聞かせて育てたほうがずっといいのだ、ということを彼女は力説し、「脚が痛くて病院にいってきたのだけれど、トトちゃんのおかげで元気になったわ。ありがとう」と言って電車を降りていった。

猫を飼う前の私だったら、こうした話もまた、どこか懐疑的に聞いていたかもしれない。いや、そういうものだろうとは思いはしても、ひたすら、見知らぬ人に話しかけられる面倒に辟易《へきえき》していたかもしれない。けれど猫連れの私はその話を熱心に聞き、「言葉」について、それ以来深く考えを巡らせている。

猫とは話ができる、と私は思っているが、人間の言葉ではないものを、人間の言葉に訳そうとすると、ちょっと難しくなることに気づいた。かんたんなものもある。「ごはん」とか、「遊んで」などというのはもっとも訳しやすい。具体的なものの要求だからだ。

でもたいていはもっと複雑だ。たとえば、夕食を終えた夜半、終わらなくて持ち帰った仕事を広げる。猫が目の前にやってくる。しばらく仕事をする私を見ているが、途中で、わざとらしくひっくり返る。頭を逆さにしてじーっと私を見る。何かを発信している。

まったくたいへんだねえ、かもしれない。まあ、がんばりなよ、かもしれない。もう仕事やめたら？　かもしれない。もう寝ようよ、かもしれない。

いや、人間の言葉にしようとするから特定できないのであって、なんとなく、猫が発信していることはわかるのである。そのぜんぶをまぜこぜにした、「あー、もー」というようなことである。そして、こういう気分のほうが言葉より先にあるのだよなと、思い出す。

何かおもしろくない、いらいらむしゃくしゃする、心がかゆいようでもある、泣きたくもある、叫びたくもある、それを伝えるために私たちは「怒り」とか「口惜しい」などと言葉をあてはめる。でも、その言葉からこぼれ落ちていく感情は、実際はたくさんある。言葉が先にあったのではない、言葉にならないあふれるような感情に、やむなく言葉をあてはめたのだ。

おりこうね、かわいいね、とちいさなものを褒めるとき、本当にその利発さやかわいらしさを伝えたいわけではない。私は猫が用を足しただけで「えらいねえ」と褒めるが、本当にそれが偉大な行為だと思っているわけではない。言葉にならない膨大な思いがあって、それをえらいだの、かわいいだのに押しこめているだけだ。

膨大な思いとは、愛情だったり、リスペクトだったり、感謝だったり、その生きものがそこにいる驚きだったりよろこびだったり、肯定だったり、そのほか名づけようもない気持ちである。

そして猫も、言葉ではなくその膨大な思いのほうをキャッチするのだろう。そのようにしか成立しない会話というものが、世界にはきっとあるのだろう。

猫が聞いているからという理由で、たったの一度も「馬鹿」と口にできなかった見知らぬご婦人のことを私は幾度も思い出し、その都度、おかしいようなありがたいような、やっぱりひとつの言葉に押しこめられないゆたかな気持ちになるのである。

（「日本経済新聞」２０１５年11月１日）

今の私が選ぶもの

パートナーという言葉で私がすぐに思い浮かべるのは、単純に配偶者である。けれども、たとえばだれかに夫なり妻なりを紹介するときに、「配偶者です」と言うのと、「パートナーです」と言うのとでは、なんだかニュアンスがぜんぜん違う。非常に個人的な感想かもしれないけれど、パートナーという言葉には限定感がある。言葉の持つ軽やかさのせいだろうか、永続的に続く関係というよりも、「今」という感じがする。それに加えて、自分の意志で選んだもの、という意味合いが含まれているようにも思う。

たとえば、父親や母親といくら仲がよくても、「パートナー」とは言わないし、四六時中いっしょにいたとしてもその言葉は思いつかない。あるいはデビュー当時からずっと担当をしてくれる編集者を、仲間だとは思えどやっぱりパートナーとは私は考えない。

自分の意志で、今の自分にふさわしいと思うからその人を選んだが、いつか、その関係は変わるかもしれないし終わるかもしれない。それがパートナー、という気がする。配偶者との関係が変わるとか終わると考えると、悲しいことのように思えるが、パートナーという言葉に置き換えるとその悲しみも消える。パートナーが変わることもまた、今の自分にふさわしく、自分で選んだこと、のように思えるからだ。

もし今、私がだれかに夫を紹介するとき、きっとパートナーとは言わずに配偶者だと言うだろう。パートナーという言葉の持つ洒落た響きが照れくさいせいもあるが、今のところ、変わりたくないという気持ちもあるからだろう。「今の」パートナーだと、「今は」考えたくないのだと思う。

人ではなく、もっと大きなくくりで考えてみると、自分のパートナーとしてすぐに思い浮かぶのは旅だ。二十代から三十代にかけて私はほとんどそのパートナーに依存していた。小説が書けないと思えば旅に出て、失恋すれば旅に出た。貧乏旅行だったけれど、それが性に合っていた。

そんなにたくさん旅をすれば、得たものや学ぶところも多いはずだと思うのだが、実際私は何も得てないし、学んでもいない。語学堪能にもならず、旅も下手なまま。けれども、そういう、何かのためになるところがまったくないのも、パートナーっぽい。ただ近くにいてもらえれば、それでいいのだ。それだけで、私の何かを助けてくれる。

三十代後半になって私はパートナーを変えざるを得なくなった。一か月の貧乏旅行がさほど魅力的に思えなくなってきて、その数年後、急激に多忙になって旅に出るのは難しくなった。旅に出たいな、と毎日漠然と思っていたけれど、かつての、いかないとどうにかなってしまうような切実さはなかった。

最近になってようやく、パートナーは戻ってきた。会わないあいだに私は変わったが、向こうも変わった。私たちは双方、大人になった。今はせいぜい一週間程度、そんなに節約しないでもすむ旅をしている。旅のほうでも、その方法に見合った旅の良さをちゃんと提供してくれる。私はもう旅に依存しないが、頼りにはしている。こうした旅でも、ないと困る。つきあい方がまったく違うが、今の私たちなりにうまくいっていると思う。

モノで考えてみると、ぱっと思い浮かぶのは仕事場の椅子。パソコンはパートナーというよりも仕事道具という感じがするし、机にはとくに何も思い入れがない。でも、椅子は違う。

私は長いあいだ、仕事用の椅子として、座りづらい椅子を使ってきた。同業者の友人が、高機能ワークチェアを買って、その座り心地について「どんなに長いこと座っていても苦にならない」と説明してくれたのだが、私はそれに怖気《おじけ》づいたのだ。そんなに長いこと座り続けて仕事をしたくない、むしろ苦に感じたい、と思った。それで、仕事用の机を買い換えるとき、あえてデザイン重視のお洒落な椅子を買ったのである。見栄えはいいが安定の悪い椅子で、しかも座る位置が高くて足が床に着かない。あえて、そういうものを選んだのである。

この椅子で十年くらい仕事をしていた。仕事場に遊びにきたり、この椅子に座る写真を見た同業者の友人は驚いていた。よくあんな座り心地の悪そうな椅子に、一日座っていられるね、と言うのである。私としては、まったく支障はなかった。けれどあるとき、椅子とはまったく関係なく、突然ぎっくり腰になった。痛みが引くまで四、五日かかった。そのあまりの痛みに驚いた私は、歩けるようになるやいなやワークチェアの専門店に向かった。楽な姿勢で執筆しないと、また腰痛関係で悩まされるだろうと思ったのだ。

そして、若き日には恐怖していた高機能のワークチェアを購入したのである。座り心地は格段にいい。とりあえずこの椅子に変えて以来、ぎっくり腰の再来はまだない。

この椅子、色はグレイと黒で、やたらに大きく、仕事用然としていて、好き嫌いでいえば私はまったく好きではない。二十代や三十代のとき、どんなに利便性を説かれても、私はこの椅子を使わなかっただろう。でも、今の私には必要なのだ。まさに今の私のパートナー。

そのときそのときに切実に必要で、でもあるとき、かたちを変えざるを得なくなったり、手放さなくてはならなくなったりする関係やモノ、それが私にとってのパートナーである。その別れにちょっとした感傷は覚えても、悲しくはない。なぜならそれは今の自分にとってどうしても必然であるから。そして、いつかまた、再会することがあるかもしれないと心のどこかで知っているから。

今の自分のパートナーはなんだろう？　と考えることは、今の自分が年齢を経てどのように変わってきたか？　を知ることでもあるのだなと、この原稿を書きながら気づいた。

（「THE STYLE」2016年11月号）

くり返してたどり着く場所

暮らしというのはくり返しだ。身をもってそのことに気づいたとき、本当に私は失望に近い衝撃を受けた。皿を洗う、しまう、使う、洗う、しまう。洗濯をする、干す、取りこむ、畳む、使う、洗濯をする、干す。家事だけにかぎらない。仕事だってそう。仕事をして、終えて、またはじめて、とくり返さないと暮らせない。何もかもがくり返し。そうか、私が使って私が洗って、私がはじめて私が終わらせ続けていくのか、一生。そのことに衝撃を受けたのは、そのくり返しって、穴を掘って埋めていくようなものではないか、と思ったからだ。

そんなふうに考えたのは三十代の半ばごろである。そのころ、私は年齢的に気力も体力もみなぎっていた。今の私の何倍も創意工夫し、動き、実行していた。充電も放出もフルで暮らしていた。具体的には、限界ぎりぎりまでの締め切りを抱え、取材も取材旅行もめったに断らず、外食はほとんどせずに食事を作り、しかも日々あたらしい食材にチャレンジし、ときどきは深夜まで飲み、週に一回大がかりな掃除をして、スポーツ系のジムに二つ通い、英語を習い、友だちと会い、ひとり旅をしていた。くり返しの日々は、ぐるんぐるんと大回転していた。このような日々を充実と呼ぶのではないか。

そんな日々でも疲れは感じなかったし、充実という言葉は思いつかなかったが、毎日がみなぎっている感じがしていた。

そんな日々を夢中で過ごしていたからこそ、でもその内実はくり返しじゃないか、と気づいてびっくりしたのだろう。フル充電フル放出で、きっと、どんどん何かを積み上げているつもりだったのだ。その積み上げている先に自分はいて、ずっと高く、ずっと遠くにいけるはずだとどこかで思っていたのに違いない。だからこそ、くり返しという真実は残酷に思えたのだろうし、その衝撃は失望に近かったのだろう。ええっ、どこにもいけないの？　ただぐるぐるとくり返しているだけ？　それじゃあ穴を掘り続け、埋め続けるのと同じじゃん。——といった具合に。

しかしながら、どれだけ失望しても、日々は続く。くり返しがいやになって、何かひとつをやめてしまっても、おそろしいことに人の暮らしは続くのだ。そのことも、私は身をもって知っている。三十代のときよりもっといい加減に暮らしていた二十代のころ、ほんの一時期、望んだわけではないが、くり返しができなくなったことがあった。

今思えばつまらないことだけれど、その当時はたいへん気持ちのくじけるできごとがあって、それまでできていたことがちゃんとできなくなった。何か食べたら洗いものをするとか、洗濯物がたまったから洗濯機をまわすとか、何を着ようか考えるとか、お風呂を洗うとかテレビをつけるとか、ごくささやかな日常のあれこれがストップした。何かしよう、という気力が起きなかった。流しには汚れた皿があって、それがいやだから外食続きになった。切れた電球を取り替えるのが面倒で、ある部屋は暗いままだった。町を歩きながら、自分が何を着て家を出てきたのかわからず、急に不安になって自分の格好をショーウィンドウで確かめたりした。くり返しが軋《きし》んでいた。それでもおそろしいことに、次の日がやってきて、つぎはぎだらけのぼろぼろの一日でも、乗りきることを強要する。くり返さなくても、暮らせる。心がどんどんすさんでいっても暮らしていける。

そんな状態の数か月の後、なんとか私はその状態から抜け出すことができた。電球を入れ替えて皿を洗ってゴミを出して、着る服を選べるようになった。何があったわけではなくて、軋んだ暮らしが心底いやになったのだと思う。このままではまずい、と無意識に実感したのだ。

私は今年五十歳になった。二十代のときのように、かんたんにくり返しをストップする繊細さはなく、三十代のようなフル充電フル放出のような体力も気力もない。暮らしというものはかぎりのないくり返しだと、今も思っているけれど、そのことに失望することもない。くり返しの意味合いが、私のなかではだいぶ変わったのだ。と、いうより、私の幸福観が変わったのかもしれない。

充実しきった日々を夢中で過ごして、そうすることで、ずっと遠くに、ずっと高いところにいくことが以前の私は幸福だと思っていた。でも、そうではない、と思うようになった。今日一日を、昨日と同じようにくり返せること、フルの力じゃなくていい、高くも遠くもいかなくていい、掘った穴を埋めるような一日が過ごせること――そのほうが、ずっと幸福だと思うようになった。

そう思うようになった理由は二つあって、ひとつは猫と暮らすようになったせいだろうと思う。猫は毎日毎日、戸惑うくらい同じように過ごす。それを見ているとだんだん、昨日と同じというのはむなしいことではなくて、大いなる平穏に思えてくるのだ。ささやかな奇跡のようにすら思える。

もうひとつは、年齢のせいだろう。三十代のころと同じ量のことを同じスピードでこなすのが、不可能だと体でも頭でも理解できてくる。さらに、その量をそのスピードでこなしても、とくに何かいいことはないと経験的に知っている。もっともっとと自分にも他人にも要求されるだけだ。だから、できることをマイペースで続けていくほうが大事になってくる。

そんなふうに暮らしにたいする幸福観が変わってから、「くり返し」の、大きなメリットを見つけた。それは自分を知る、ということ。私の日々のサイズが具体的にわかってくる。さらに、いつもやっていることなのに今日はどうもやりたくない、とか、今日は思い切り手のこんだ料理を作りたい、といった気分で、心身の調子や気分の浮き沈みに気づかされたりもする。

そして何よりいちばんいいのは、他人の幸福と混同しなくてもすむ。今はＳＮＳによって、他人の暮らしを垣間見る機会が多い。それがＳＮＳ向けの日々だとわかっていても、くり返しに無縁に見えて、はなやかでゴージャスでドラマチックだと、自分の毎日があまりにも地味に思えてくるかもしれない。そのときに、自分の日々のサイズを知っていれば、揺らがない。逆にそれを知らないと、永遠に欲しくもないものにあこがれることになってしまう。

暮らしをたのしむということは、つまるところ、私でいることをたのしむ、ということでもあるのかもしれない。

（「THE STYLE」２０１７年10月号）

行事と年齢

行事が好きだ。行事にはそれに即したイベントを行いたい。大きくなくていいし、はなやかでなくていい。さらに、いつもと違うごはんが食べたい。これもまた、高価でなくても派手でなくてもいい。でも、「いつも」感はぜったいにあってほしくない。いつからだか覚えていないくらい昔から、私はそういうふうに思っていた。だからそれが一般的な感覚なのだろうと信じていた。どうやら違う人もいるらしいとずいぶん大人になってから知った。行事が嫌いで、イベントが嫌いで、ふだんと違うごはんがいやだ、という人も、世のなかにはいる。私の知っているかぎり、行事嫌い、「いつも」感大好き、というのは男性に多い。行事やイベントやごはんに頓着しない女性はいて、そういう人は忘れてしまって行事イベントをしないが、しかしはっきり「いやだ」という強い気持ちから、行事なしイベントなしを敢行している女性は見たことがない。

この、行事についての好悪が異なる二人が親しくなるとする。交際のあいだならまだいいが、結婚するなり同棲するなりで生活をともにするようになると、少々問題になるようである。個人の考えというよりも、家族単位での行事への向き合いかたになるからだ。そうなるとたいてい、行事嫌い派が折れる。子どもが生まれるとことにその傾向は顕著だ。子どもというのは行事を背負っているものだ。お宮参りだとかお食い初《ぞ》めだとか七五三だとか、怒濤のように行事を行っているうちに、行事嫌いの人も行事に否応なく巻きこまれていくのだと思う。若いころ、キリスト教徒でもないのにクリスマスをなぜ祝うのか、などと、ありきたりの台詞《せりふ》を言っていた男友だちも、子どもが生まれればサンタ役に徹するようになる。

しかしながら私には子どもがいないので、私が行事だと認定している行事はたいへんに少ない。お正月とクリスマスと誕生日だ。ほかの行事も、ときによってやったりやらなかったりするが、でも、イベントをしたい、いや、イベントなんかはなくてもいいが、いつもと違ったごはんが食べたい、と切に願うのは、その三つだけである。そうなのだ。年齢を重ねるごとに、行事を行事らしくするのは、雰囲気や服装やプレゼントといったイベント部分ではなくて、ごはん部分になってくる。あくまでも私の場合は、であるが。

誕生日にプレゼントをもらえなくてもまったくかまわない、クリスマスにケーキがなくとも気にもならない、でも、ふつうのごはんではいやだ。ぜったいにいやだ。何か特別な食事をしたい。

この「特別な食事」は、私にとっては長く肉だった。誕生日、何が食べたい？と訊かれれば「肉」、クリスマス、どこで食事をしようか、と訊かれれば、「肉がおいしい店」と答えていた。私もその当時の恋人も二十代で、お金もなくて、日々節約で、二人で外食といえば格安居酒屋だったころの「特別な食事」は、食べ放題のしゃぶしゃぶとかすき焼きだった。今思い出すと、肉は、広げると向こう側が透けて見えるくらい薄い肉だったけれど、それでもその特別感に私は満足していた。年齢とともに店のランクも少しずつ上向く。でもやっぱり肉。ちなみに、焼き肉は私にとって日常だったので、特別な食事として見なしていなかった。

特別な食事が、食べ放題の透ける肉を出す店から、放題ではなくなり、透けない肉が出る店になり、鉄板で焼いたり炭火で焼いたりする店になっていくのは、私にはたいへんうれしいことだった。なんとなく、ただしく大人になっていっているような気がして。

誕生日にひとりだったときもある。さすがにひとりで、特別な食事をしにいくのはためらわれ、ひとり家でみずからを祝うことにした。そのときもデパートの精肉売り場に赴いて、ふだんぜったい買わない値段のステーキ肉を買った。ステーキだけなのはいかにもさみしいので、きちんとサラダやスープや付け合わせも用意して、ワインも用意して、なんとか特別感を出した。

それがあるとき変化した。ここ最近のことだ。誕生日に何が食べたい？　と訊かれて、「鮨」と答え、そう答えた自分にびっくりした。

いや、それ以前から、焼き肉屋でカルビが食べられなくなったことに気づいていた。四十歳を過ぎてからだ。ステーキはサーロインではなくヒレを選び、すき焼きの肉もサシの入っていない赤身肉を選ぶようになった。それまでずっと、「肉が食べられなくなる」とか「トロが食べられなくなって、赤身ならなんとかいけるが、白身魚がいちばんだと思うようになった」などと年配の友人から聞いていたが、私は懐疑的だった。彼らが嘘をついているというのではない、「私はそうはならないだろう」と思っていたのだ。

そしてカルビや肉の脂を食べられなくなっても、でも、私にとって「特別な食事」はずっと肉だろうと思っていた。それがあるとき、私にもわからないくらいのさりげなさで、肉は鮨にその座を譲っていたのである。

そんなわけでこの数年、特別な食事といえば鮨なのだが、鮨はむずかしい。お鮨屋さんの幅（味も値段も雰囲気も）は異様に広いし、はじめての店は独特の緊張をする。おいしい店はずっと先まで予約があることが多くて、行事日に席が取れないこともままある。

そんなとき、肉ってかんたんだったなあと私はちょっとせつなく思い出す。目玉が飛び出るくらい高級だとか、雰囲気が異様だとか、そういう特殊な店もあるけれど、それらはある意味で知れ渡っていて、わざわざそういうところにいかないかぎり、値段の想定もできるし、緊張するということもない。なんだか肉はシンプルなのだ。鮨は複雑でむずかしい。そしてたしかに、大人っぽい。

ずっといっしょに仕事をしている編集者の人が、ちょっとした特別の機会に、食事に誘ってくれることがある。「カクタさんは肉でしたよね」と、みなさん好意的に言ってくれて、「いや、あの」と言葉を挟む隙も与えずに、「なので肉系の店を予約しておきました」と続ける。もちろん肉だって食べられないわけではない。ありがたく思いながら、私はついつい、過去の自分と対面させられる気持ちになる。食の好みが変わるなどと信じていない自分。年齢を重ねることの実感をまったく持たない自分。とても若い、今の私とは違うだれか。


（「THE STYLE」２０１８年10月号）

II 旅の時間・走るよろこび

それぞれのウィーン ［短篇小説］

そのとき私は三十六歳で、人生において、諦め、手放していることがあった。映画を観ても小説を読んでも絵画を見ても音楽を聴いていても、心をつかまれて揺さぶられる、というようなことが、久しくなくなっていた。二十代のころにそうだったような、あした生々しい感動は、この先もう得られないんだろうなと思っていた。新しいものではなく、若いときに衝撃を受けたいくつかの小説を読み返し音楽を聴き続け、そうして老いていくのだろうなと、諦めていた。この先も続く、感動のない人生には失望したけれど、しかたのないことだった。

旅も然り。夏も終わったころにようやくとれた夏休みのいき先に、ウィーンを選んだのは、とてもいいところだとだれかから聞いたからだった。たしかにとてもいいところなのだろうと、出発前に思っていた。でもきっと、「とてもいい」以上のことはないだろうな、とも。そのへんてこりんな建物を見つけるまで。

ウィーンに着いた翌日である。地理を覚えるため、町をぐるりと一周する路面電車に乗った。興味をひかれた場所で降りて散策し、また、乗りこむ。そしてふたたび、窓の外に見入る。ある駅で降りて歩いていたら、その奇妙な建物は忽然とあらわれた。たくさんの窓は空を映し、外壁は子どもの落書きのように自在に塗られ、タイルが貼られ、おもちゃみたいな色とかたちの柱が、エントランスに建っている。窓を見上げると、内部に飾られた観葉植物が見え、まるで、空に生えた植物みたいに見えた。私は不審に思いながら建物内に入った。美術館だった。私が今まで名を聞いたこともない芸術家の、絵画やオブジェや写真が、数多《あまた》の観葉植物とともに飾られている。美術館の床はたいらではなく、ときどきくね曲がっていた。絵画を眺めながら歩くうち、私は、叫びだしそうになっていることに気づいた。自分のなかに子どもがいて、その子どもが、興奮しきったときにそうするように、両手で髪をかきむしりながら、大声で笑ってぐるぐるまわっているように感じていた。

きれい、うつくしい、かわいい、エキセントリック、自由――どんな言葉も浮かばなかった。ただ私は、いや、私のなかの子どもは、興奮しきって、歓喜に我を忘れて、叫び続けていた。この先きっと味わうことなど諦めていた、それこそまさに感動だった。

美術館というよりも、不可思議な館を出た私は、熱に浮かされるようにふらふらと町を歩いた。ああ、そうだ、この町にきたらあれを食べようと思っていたんだ、ザッハートルテ。いちばん有名なお店で。そうだ、お茶を飲んで少し落ち着こう。ここからどうやっていけばいいのだっけ。

その有名店の場所はあらかじめ調べてあったのだけれど、美術館の興奮で判断力を失った私は、向かいから歩いてくる、日本人とおぼしき老夫婦に、吸いこまれるように近づいていった。

「あの、ザッハーってお店にいきたいのですが、どうやっていけばいいんでしょう」子どものように私は訊いた。訊きながら、旅行者に訊いたってわかるはずないよな、と思っていたのだが、「ああ、あの有名なところね」老婦人が笑顔でうなずく。「歩くには少し遠いわ。電車に乗りましょう」老夫婦は私を導くように町を歩き、路面電車に乗った。


その老夫婦がウィーンで出会ったことを、夕食の席で知った。私たちはいちばん有名なカフェでザッハートルテを食べながら、夕食をいっしょにする約束もしたのだった。シュテファン寺院の裏手、ちいさな路地にあるこぢんまりとしたレストランに、老夫婦は連れていってくれた。昨日もここで食事をしたのだという。ワインで乾杯をしたあとに、ウィーンでの出会いを老婦人が話しはじめた。

四十数年前に、きみ子さん（というのが老婦人の名だった）は留学していた恋人を訪ねてドイツにやってきたが、彼にはほかの恋人ができていて、逃げるようにウィーンにきた。海外旅行なんて今ほど手軽ではなかった時代に、貯金のすべてをつぎこみ、親にも借金をして、一世一代の覚悟でやってきたのに、そんなありさまだったから、もう死んでもいいと思っていた。そんな気持ちがそう見せたのか、あるいは四十数年前のウィーンは実際にそうだったのか、どこもかしこも陰影のある、暗い町だった。死ぬにはちょうどいいようにも思えた。

「でもね私、強烈な光を見てしまったの」ときみ子さんは、たった今それを見たかのように大きく目を見開いて言った。夫の繁治さんは、妻の恋人だの失恋だのといった話をおだやかな笑みで聞いているから、幾度も聞いているのだろうと思いながら、光ってなんですかと私は訊いた。

「絵なの。はだかんぼうの家族がしゃがみこんでいる絵なの。そこからぱあっと光が放たれて、わけがわからないまま、私泣いてしまってね。それで気づいたの、絵を見ようと美術館に入ったってことは、本当には死にたくなんかないんだわ。こうして泣いているってことは、まだまだ生きていきたいんだわ、って。だって、生きる意志のある人にしか、感動は訪れないはずだもの」

私はきみ子さんの話を聞きながら、さっきの感覚を思い出していた。自分のなかの子どもが叫びやめないような高揚。まだまだこの先、きっと何度でもそんな瞬間はあると思ったときの、震えるほどの安堵。きみ子さんの言っている絵は、おそらくエゴン・シーレだ。学生のころ教科書で見たことがある。そんなに明るい絵ではなかったはずだ。でも、光は射したのだ。きみ子さんだけに。

レストランを営んでいるのは、きみ子さんたちと同世代とおぼしき老夫婦だった。奥さんがスープ皿を下げると、夫がシュニッツェルの皿を厨房からカウンター越しに渡している。薄いシュニッツェルはさくさくしていてじつにおいしかった。にんにくのにおいのするポテトサラダがすばらしくおいしい。私たちはおいしい、おいしいとひととおり言い合ったあと、それぞれにワインをつぎあう。

「その絵を見た美術館で繁治さんに会ったんですか」私は食事をしながら訊いた。

「私はウィーンを舞台にした小説を読んでね」今度は繁治さんが話し出す。「私が学生のころに出版されたんだ。そこにはね、ウィーンは死の町だって描写がある。それでどうしても見たくなった、その、死の町というところを。それで卒業旅行にと、思い切ってウィーンにきたんだ。ずいぶん無理をして」

「死の町なんて形容にふさわしい町だったんですか」今日の、陽にさらされて、観光客がそぞろ歩いていた明るい市街地を思い描いて私は訊いた。

「思ったほどではなかったよ。いや、ちっとも暗くなんかなくて、陽気な明るい町だったよ」と言ってから、繁治さんはワインをじっと見つめ、一口飲んで、笑う。「しかしそれもぼくの印象かもしれない。ある食堂に入って、スープを頼んだら、飲んだことがないくらいおいしかった。ちょうどこの、ポテトサラダみたいに、知ってる味なのに、もっとずっとおいしいんだ。それでお店のおかみさんに、これはどうやって作るのかと身振り手振りで訊いたんだ。だけどそのおかみさんは、英語を一言もしゃべることができない。でも、ぼくの訊いていることはわかる。一生懸命答えようとして、ぱっとお店を出ていって」繁治さんが笑うと、きみ子さんも笑った。この話も二人のあいだで幾度も交わされているのだろう。「二十分ほどたって英語を話せる人とともにあらわれた。近所の知り合いなんかじゃない、シュテファン寺院までいって観光客を連れてきてくれたんだ、わざわざ、スープの作り方を説明するためだけに」

その気持ちが本当にありがたかったから、町が、ぱっと明るく見えたのかもしれないと繁治さんは言った。地下鉄に乗っても、夜の暗い道を歩いていても、おかみさんの太陽みたいな明るさが、若い旅行者の歩く先を照らし続けていたのかもしれない、と。

二人はそれぞれの思い出話をしただけで、出会いの部分は話さなかった。繁治さんの話が終わるころには料理も食べ終えていて、デザートに何を食べるかという話に終始した。

そのときから気がつけば十年もたっている。有名なザッハートルテのカフェは未だ健在だが、あのとき老夫婦といったレストランをさがしてみたが見あたらない。このあたりなんだけれど、と私は夫とともに路地をうろつく。結局見つけることができず、私たちはべつのレストランに入って、赤ワインと、夫はグーラシュを、私はシュニッツェルを注文する。五年前に結婚した夫とは、年に一度、夏休みを合わせて旅をしている。今年はどこにいこうと話していて、私はふと思い出した、フンデルトヴァッサーの美術館と、その旅行で会った老夫婦の話を夫にした。夫も学生時代にウィーンに立ち寄ったことがあると言った。ヨーロッパを一周旅行している際に立ち寄ったのだという。何か印象に残ったものはある？　と私は訊いた。私にとっての美術館みたいな、老婦人にとってのシーレみたいな、老紳士にとってのおかみさんみたいな。

「ザッハートルテ」しばらく考えて夫は言った。「甘いもの、好きじゃないんだけど、ドイツで財布をすられたあとだったから、あの甘さに救われた」と真顔で言う。私は笑い、そうして今年はウィーンにいこうと話がまとまったのだった。

十年前の店とは異なるのに、やっぱり老齢の男性が調理したものを、妻らしき白髪の女性が持ってきてくれた。食事をはじめて私は首をかしげる。ポテトサラダが、あのとき食べて感激したものとそっくりに思えるのだ。私は彼女がワインをつぎ足しにきたときに、得意ではない英語を駆使して訊いてみる。十年前もこのお店はここにありましたか？　言いながら、でもそうしたら、この夫妻はもっと老けているはずだと気づく。夫が、私よりはましな英語で訊きなおしてくれるが、どうやら彼女は英語を解さないようである。私はそっと店内を見まわすが、さっきまでいた客はもういない。待ってて、と老婦人はジェスチャーで示す。だれか連れてくるから、と言っているようである。「ノー!」私はあわてて言った。「いいの、いいんです。OKです」なんだか彼女が、シュテファン寺院までいって英語を話せる観光客をさがしてくるような気がしたのである。

いいの、本当に? という顔つきの彼女に数度うなずくと、彼女もうなずき厨房に戻る。つがれたワインを口に含み、このポテトサラダおいしいよと夫に言おうとしたとき、ある光景があまりにも鮮やかに思い出される。

老夫婦と、カフェでザッハートルテを食べたとき、窓際の席に若い日本人が座っていなかったか。一目でバックパッカーとわかる、みすぼらしい格好と大きな荷物。とくに気に留めていなかったのだが、運ばれてきたザッハートルテを一口食べた彼が、テーブルに突っ伏すのが視界の隅に映り、ぎょっとして注視した。彼は顔を上げると、シャツの袖で顔をこすり、猛然とザッハートルテを食べはじめた。おいしすぎて泣いている人がいますよと、私は老夫婦に言えなかった。そんなふうに茶化すことができなかった。

いやいや、そんなはずはない。私よりひとつ年上の夫は、十年前はすでに大学生ではない。私の旅した時期と、彼の旅した時期はまったく違う。会っているはずがない。彼の話を聞いたから、そんな錯覚が見えてしまっただけだ。

食事を終えて、私たちはまだ明るい夜の町を歩く。町をまるくつなぐ路面電車に乗り、窓の外の景色に見入る。もしかしてあの夫婦も、実際にはウィーンで会ったのではないかもしれない、と思う。日本で出会い、互いの過去を話すうち、ウィーンが偶然にも一致した。そうして、その場で会ったような気持ちになった。私も実際、失恋した女の子がエゴン・シーレに陶然と見入るのや、日本の青年がお店のおかみさんと笑い合うのを、あの旅で見かけたように記憶している。

もしかしたら、この町はそんなふうな不思議なところなのかもしれない。時間も空間も、その境をすべて消して、いっぺんに存在させる。円を描くように町を走るこの電車が、年齢も出身地も言葉も飛びこえて、だれかのとくべつな記憶を縫いつなぐ。今食べたポテトサラダは十年前に食べたサラダで、お店の老夫婦はいっさい年をとらずにあのままあそこに居続ける。私は何度でも、シーレと対面する女の子と卒業旅行の男の子と、ザッハートルテに泣く若者と、そして老夫婦に会い続ける。一年後も、十年後も、幾つもの人生がこの町で交差し続ける。

（「スケープス 'Scapes」２０１４年８月号）

永遠、という美。

ブランドに疎くても、香水に興味がなくても、シャネルの「N°5」はだれでもが知っている。私も、だれにいつ教わったかもわからず、手にしたこともないのに、若いときからその名も、そのパッケージも、そのロゴも、知っていた。そのくらい有名なN°5だが、今まで私はその香りを知らなかった。はじめてN°5の香りを嗅いで、あれ、知っている、とまず思った。香水という言葉でイメージするとおりの香りである。N°5は、ひとつの商品ではなくて、「香水」そのものの象徴、アイコンになってしまっているのかな、と思うくらい、香水らしい香りだ。

けれどその香りを説明しようとすると、じつにむずかしい。豪華ではあるが、可憐でもある。非日常な華やかさも感じるが、身近でもある。既知の香りだと思うのに、未知の新鮮さもある。言葉にしようとすると、よくわかる。なんと複雑な香りなんだろう。複雑だけれど、そのすべて、一言におさまる。女性らしさ、である。この香りは女性にこそふさわしい。

では、女性とは何か。この香りを、「世界中の女性たちのために」贈りたい、と作り出したマドモアゼルシャネルにとって、自らも属する女性とは、なんであったのか。
パリのパレ・ド・トーキョーで行われたN°5 CULTURE CHANEL展は、庭園からはじまる。キュレーター、ジャン＝ルイ フロマンが考えた庭園は、けっして華美ではない。質素で、どことなく荒涼としている。その場に立つと鳥の声に取り囲まれる。都会とは思えないほどの鳥のさえずりに、パリにいることを忘れてしまいそうだ。季節によって色彩も雰囲気もまるで変わるのだろうその庭を通り、展覧会場に赴くと、その清潔感に圧倒される。壁も床も白、ショーケースも白。窓枠が黒。シャネルの愛した白と黒が、部屋全体にみごとに再現されている。

いちばんはじめの展示物は、本を読むアーサー・ボーイ・カペル――シャネルのはじめての恋人――と、新聞を読むシャネルの写真である。シャネルの人生は、彼との出会いからはじまったと言ってもいい。

イギリス人の青年実業家、ボーイ・カペルはさまざまなものをシャネルに与えたが、そのなかのいちばん大いなるものは愛であり、それとおなじくらい意義あるものに、芸術の魅力があった。これら二つのことが、つねに時代の先端にいたシャネルを、生涯支え続けたのではないかと私は推測する。

最愛の恋人であったボーイ・カペルが亡くなったのは、シャネルが三十六歳のとき。

しかも彼は、シャネルとの逢瀬に向かっていて突然、交通事故に遭ったと言われている。彼の力を借り、彼から多くを吸収し、働くことの喜びと、経済的に自立することの自由を学び、成功の階段をのぼりはじめたばかりのシャネルにとって、この死は、どれほどの喪失だったろうと思う。ともによろこんでくれる人、導いてくれる人、闘ってくれる人、寄り添ってくれる人、もっとも愛してくれる人、もっとも愛すべき人が、なんの前触れもなく突然この世からいなくなる。今日から、たったひとりで闘わなくてはいけなくなる。

展覧会場のショーケースからカペルの痕跡が消える。それでも透明なショーケースはずっと続いていく。それはまるで、シャネルが歩いていかねばならなくなった、カペル不在の長い時間のように見える。けれどその先の展示から浮かび上がる、彼女の仕事ぶりや生きる姿勢というものを追っていくと、この大いなる喪失こそ、シャネルをシャネルたらしめているようにも思えてくる。

この展覧会ではシャネルのその華麗な交友関係が、それぞれの作品や手紙、写真やメモ書きとともに紹介されている。ジャン・コクトー、ピカソ、ダリ、ストラヴィンスキー、アンドレ・ブルトン、エリック・サティ、マン・レイ。みな、二十世紀初頭に、自らの力で新しい芸術を生みだしていったアーティストたちである。

二十世紀初頭、美術はあふれるように豊饒な広がりと発展を見せている。キュビスムが生まれ、ダダイスムが流行《はや》り、そしてシュールレアリスムへと向かう。みなただの手法ではなく、哲学と思想に裏打ちされた、あらたな表現の発露である。表現者としてその渦中にいたら、どれほどの熱狂、どれほどの興奮、どれほどの充実だったろうと想像する。展覧会でも、新しい人たちによって時代がどんどん作り替えられていく、その輝くような息吹が感じ取れる。そしてその中心に、シャネルはいつもいる。熱狂と興奮と充実のなかに、ひとり、静かにたたずんでいる。

時代のうねりのただなかで、ひとり静謐に立つ。それが展覧会で受けるシャネルという女性の印象だ。彼女自身、アーティストとクチュリエのあいだに線引きをしている。「クチュールが芸術家を感動させたり、芸術の車に乗って栄光への道をのぼっていくことだってあるだろう。けれど、芸術家ぶってよいとは思わない」と語る彼女は、クチュリエとしての誇りを持ち、アーティストへの尊敬とその誇りとをけっして混同しなかった。そのかたくなな線引きが、この静謐な印象をもたらしているのだと思う。そしてまた、その静謐は、彼女がひとりだったことにもよるのではないか。

シャネルは、時代の先端に、革命児たるアーティストたちとともに、だれの力も借りず、たったひとりで立ち続けた。

女性が、この時代にひとりで立つということは、とてつもなくたいへんだったはずだ。たとえばこの時代を象徴するべつの女性として、ミシアを挙げることができる。

シャネルの親友で、二〇年代のパリ社交界の女王、芸術界のミューズと呼ばれた女性である。カペルの死で打ちひしがれるシャネルを、ヴェネチア旅行に誘ったのもミシア夫妻だった。

　けれどこの女王は、つねに輪の中心にいた。だれかのミューズであり続けたミシアは、輪の中心にいてこそ、輝きを放った。そのようにして、時代の先端にいたのである。

　けれどシャネルはそうではなかった。輪のなかにあっても、ただひとり自分の脚で、多くのアーティストたちと肩を並べて立った。ときに、若きアーティストが彼らの脚で立つために手をさしのべることまでした。もちろん恋人はいつだっていただろう。けれど、彼女が恋人に拠《よ》って立っているようには、けっして見えない。

　なぜそんなことが可能だったのか。――カペルから受け取ったものを、彼女が何ひとつ失わず持っていたからだと私は思うのである。

　芸術を愛する感性。文学の奥深さ。うつくしさという概念。揺るぎない自信。批判精神。チャンス――生きる術。何にも拠らないで立つことの、自由。愛することと愛されること。そのすべて。

　彼から受け取ったものはすべて彼女の内に在る。ないのは、カペルその人だけ。この埋めようのない喪失、彼女が感じ続けただろう孤独。けれど、その喪失と孤独すら、彼女は抱きしめて手放さず、自身の力にしてしまった。いや、その喪失と孤独があったからこそ、彼女はひとりで凜と立つことができたのではないか。それこそが、シャネルという人の本質なのではないか。

一九二一年、シャネルは「世界中の女性たちのために、私は香りを贈りたい。そのような香りを創ってほしい」と、ロシア皇帝の専属調香師だったエルネスト・ボーに依頼する。そうしてできあがったのは、それまで単一の花の香りだった香水の概念を、まったく覆す、八十種以上の香料を用いたもの。シャネルはそれに、意味も説明も排し、たんなる数字「5」と名づける。5、という数字はまた、当時のアヴァンギャルドたちが好んで作品に用いていた数字でもある。

このまったくあたらしい香りを、シャネルはシンプルな四角い瓶に封じこめた。男性の携帯用ウイスキー瓶を思わせる透明の瓶、白と黒の素っ気ないパッケージ。中身は非常にエレガントなのに、外側はマニッシュ。男性に包まれた女性を思わせもする。

そんなふうに考えて、つい、カペルを思い出す。

触れることはできない、目には見えない、かたちとして存在はしない、けれど、たしかに在る。

その忘れられない香りで、在ることがはっきりとわかる。そうして、香りの記憶というものは変わらない。「人間の五感のなかでもっとも完璧なのは、嗅覚」とシャネルは言ったけれど、たしかに、味覚や視覚より、嗅覚は記憶力においては優れている。その、存在と不在のありように、カペルを重ねてしまうのは、あまりにもうがった見方だろうか。姿はない。けれど、たしかに在る。在り続けている。

彼女はこの斬新な香りを、商品として、というよりも、作品として創ったように、どうしても思ってしまうのだ。世界中のすべての女性よりまず、喪失に抱かれた自身に贈るものとして。

この香水が生まれた二〇年代は、美術、文学、音楽、演劇などあらゆるシーンでアヴァンギャルドが台頭し、抽象性がもてはやされた。N°5の、これと特定できない複雑な香りも、その抽象性のあらわれではあるのだろうけれど、同時に、女性性の持つゆたかさ、複雑さでもあるのだろう。どこかで知っているようなこの香りは、特定のだれかを想起させない。思い浮かぶとするなら、全般的な「女性」。豪華で可憐、非日常と日常、既知なのに未知、相反するものを矛盾なく包みこむ存在としての、女性。

そして先の疑問に戻る。シャネルにとって、女性とは何であったのか。展示されたいくつもの作品や写真、手紙、シャネル自身の姿を見て感じるのは、女性は弱い存在、という定義を彼女がはっきりと否定していることだ。女性とは、だれかに拠らなければ立てないような存在の名称では、ない。

恋愛をしていようが結婚をしていようが、何にも拠らずひとりで立つべき存在、それがシャネルにとっての「女性」の定義だったように思う。それは男性と張り合うことを意味しない。がむしゃらに立つのではなく、生き生きと、うつくしく、エレガントに、立つべきだ。まさにシャネルは、物理的にもそのように立ち居振る舞うことができるように、飾りだけの帽子を否定し、身体を締め付けるドレスから女性たちを解放してきた。

きれい、ということは、シャネルにとってうつくしさとは対義語だったようである。きれい、というのは若さや外見、目に見えるものの形容である。目に見えるものはいつか変化し、失われる。けれど彼女曰く「美しさは永続する」。生き生きと、自由に立つ女性こそ、うつくしい。時代も、肉体も、変化していくなかで、そのうつくしさは不変である。

そんなふうにとらえると、自身への贈り物でもあるN°5は、凛と立とうとするすべての女性たちに贈った、エールのように思えてくる。

この展覧会のいちばん最後のケースには、写真がおさめられている。年齢を重ねたシャネルが、本を開いている写真だ。いちばん最初の新聞を読む若き日の写真と、図柄としては同じ。私はこの写真を見たとき、不覚にも落涙しそうになった。年齢を重ね、なお少女のように一心に本を読む彼女の姿は、完結しているように見える。そのくらいうつくしいのである。そしてその完結した姿に、カペルの不在が含まれている。その不在を、孤独を、彼女がけっして手放さなかったことが、その孤高のうつくしさから伝わってくる。それは強さと言い換えることも可能だ。けれど男性の持つ強さとはまったく異なる、女性だから持ち得るしなやかな強靭さである。うつくしさとは、たしかに、時間が奪い取れるものではないのだと私ははじめて知った。

非常に興味深かったことがある。展覧会場の一角で、N°5のかつてのコマーシャル映像がビデオ上映されていた。五〇年代、マリリン・モンローのモノクロのコマーシャルから、今流れているブラッド・ピットのコマーシャルまで、年代順に延々と見ることができる。歴代の有名俳優、女優たちが、さまざまなシーンでN°5とともに登場する。彼らの髪型や服装、シチュエーションから、その時代背景が見えるのだが、そのなかにあってこの素っ気ない四角いボトルだけ、時代の影響をまったく受けていないように見えるのである。髪型やファッションはそのとき最先端のものでも、今見ればその時代のものとなっている。ホテルの内装や高級プールといった背景も、どれほど豪華でも過去のものになっていく。ああ、八〇年代らしいとか、これはつい最近のものだなと、年代がわかる。

けれどそのなかで、N°5だけはつねにあたらしい。時間という影響を、何ひとつ受けずに独立して画面のなかにあり続ける。この、よけいなものをいっさい持たないボトルが、百年近く前にデザインされたことを考えると、途方もない気持ちになる。そして、思う。シャネルは永遠を創ったのだ。たえず変化していくこの世界に、不変とは何かを示してみせたのである。

（「VOGUE」２０１３年9月号）

台北ブックフェア、ひとりフードフェア

あなたがいちばん好きなことは、と訊かれたら、二十代の私も今の私も、答えは同じだろう。旅だ。その旅でのいちばんのたのしみは、と訊かれたら、しかし答えはまるきり違う。二十代の私ならば、出会いと答えたと思う。四十代になった私は、食、と即答する。

若いときは食べることにさほど興味がなかった。いつも貧しい旅だったので、おいしさより安さを優先して食べていた。まずいものを食べても落ちこんだりしなかった。「だって安いもん」と納得していた。

加齢にともなって年々食にかんして意地汚くなった。その土地のものが食べたい。おいしいものが食べたい。まずいものはぜったいに食べたくない。食べることを大切にしたいとの思いが強くなった。

台北で大々的なブックフェアが催され、私の本をこのたび翻訳出版してくれた出版社が招待してくれた。台湾にいく、と決まったときも、私のあたまにまず浮かんだのは、「おいしいものがたくさん食べられる!」ということだった。

台湾の出版社ものんびりしたもので、滞在中のスケジュールについてなんにも言ってこない。そこにいって何をするのか、出発するまでわからなかった。到着した日、出版社の方々と食事をしたのだが、このときようやく予定を教えてもらった。インタビューやトークイベント、サイン会など、毎日何かしらの仕事が入っている。

そして翌日からあわただしく仕事となったわけだが、台湾の人が天晴《あつぱ》れなのは、ちゃんとごはんの時間にごはんが食べられるよう、スケジュールが組んであることだ。午前中の仕事は十一時半には終わり、午後からの仕事は二時過ぎ。イベントは午後五時に終わる。ひとつ、七時から九時というイベントがあったが、その前が三時間ほど空いていて、その時間に少し食べておいてくださいと言う。イベント後の会食まで、おなかがもたないだろうから、と。

アテンドしてくれた台湾の出版社の若い女性編集者、林さんは、日本企業の仕事の進めかたはきっちりしているので、自分たちは日本の仕事相手に怒られたり、迷惑をかけたりすることがしょっちゅうある、何かあったら遠慮なく言ってほしいと伝えてくれたが、私にとっていちばんたいせつなことは食事、しかもごはんの時間にちゃんとごはんが食べられることなのである。

朝食付きの滞在で、最初のうちホテルのレストランでビュッフェを食べていたが、こんなことをしている場合じゃない、と町に出て好きなものを食べることにした。

今回もっとも感激したのは豆乳。カフェオレボウルみたいなお碗につがれて出てくる。ほんのり甘くて、まろやかなこくがあって、でもくせがない。なんてやさしい味。豆乳のある店によく置いてあるのが焼餅（シャオピン）。パイとパンの中間のようなさくさくもっちりの食感。これに油條（揚げパン）を挟んだり葱入り卵焼きを挟んだり、豚肉を挟んだりする。私は卵焼き入りを食べた。素朴でシンプルでおいしい。ほんとおいしい。

お粥も食べた。カウンターにずらり並んだおかずから、好きなものを選ぶ。小皿だからひとりでも二、三皿はだいじょうぶ。干し大根入り卵焼き、三杯鶏（鶏の酒、ごま醬油炒め）、湯葉とメンマと昆布を炒めたようなものを選んで席に着くと、お店の人が鍋に入ったお粥をどーんと置いてくれる。お粥にはさつま芋が入っていた。お粥自体に味はなく、でもおかずが濃いめの味付けなので、どんどん食べてしまう。店内のお客さんを見ていると、二人でも六皿くらい、四人だと十皿くらいおかずを並べて食べている。みんなそれぞれ家族や恋人の皿におかずを取り分けてあげているのがほほえましい。そしてお粥はおかわり自由。

午前中の仕事を終えて、林さんが連れていってくれたのは、魯肉飯（肉味噌かけご飯）がおいしいと評判の店。お店に着くと、たしかに行列ができている。でもこの行列、持ち帰り用を買いにきた人たちで、客席にはすぐに入れた。林さんの勧めに従って、魯肉飯、蝦捲（海老ロール）、青菜炒め、筍炒め、煮卵、魚のスープを注文する。青菜炒めはほかの店でも食べたけれど、この店のはギョッとするほどおいしくて、ほかの料理もずば抜けておいしくて、林さんと二人、無言になってばくばく、ばくばくと食べ続けてしまった。私たちが食べ終えるころには店は満員。おいしい店が繁盛するのは世界共通である。

別の日には、林さんが牛肉麵の店に連れていってくれた。「私がおいしいと思うところに連れていく予定だったのですが、おとうさんが、そこよりもっとおいしい店に連れていけと言うので、そちらにいきます」と、彼女。おもしろいなあ。台湾の人はそれぞれ「ここがいちばん」の主張があるのだ。

彼女が連れていってくれたのは、迪化街近くの牛肉麵の店。ずいぶんと古い、歴史ある店らしい。彼女の勧めに従って、牛肉麵、牛筋、豚タン、センマイともやしの炒めもの、青菜と牛肉の炒めものを頼む。麵は細いうどんのような麵で、牛肉はコンビーフのように柔らかく、脂身がなくあっさりしている。牛筋は、東京でよく食べるものと違って、肉のほとんどついていないまさに「筋」。こりこりしてて噛むとうまみがある。タンは柔らかくて、ほんのり甘い。炒めものもまたおいしい。またしても林さんと無言でばくばくと食べ続けた。

牛肉麵の店で、ホルモンのおいしさに目覚めた私は、ひとりの食事のときはホルモンばかりさがして歩いた。

かつての台湾の旅で意識したことはなかったのだが、ホルモン店は意外に多い。店の外や、店のなか、レジわきなどに、茶色く煮込まれたいろんな部位の肉がずらりと並んでいる。豚耳、レバー、牛筋、センマイ、小腸、鶏の脚、鴨の舌なんかもときどきある。それらにまじって豆腐や湯葉や煮卵もある。じつにありがたいことに、そのわきにはたいていトングとかごやバットが置いてあって、客が自由に選べるようになっている。好きな内臓肉を好きな量入れて、お店の人にハイと渡すと、それが細かく刻まれ盛り合わせになって出てきたり、あるいは麺（これもうどんや米麺や中華麺などから好きなものを選ぶ）といっしょに煮てくれたりする。内臓好きにはたまらないシステムである。そして、やっぱりおいしいのである。茶色く煮染めたレバーやこりこりの豚耳や、ゼラチン質の牛筋。

私は人よりだいぶ小食である。台湾の一皿はそんなに多くないのがありがたいけれど、それでも、ひとり何皿も食べられないし、一日何食も食べられない。食事を終えて、喫茶店や公園のベンチで、ガイドブックの食事ページを眺め、ああまだ担仔麺《タンツーメン》を食べてない、ちまきも、排骨麺《パーコーメン》も食べてないと、残りの食事回数を数え、幾度もため息をついた。胃がいくつもある牛がこのときほどうらやましかったことはない。

どこで何を食べてもおいしいので、「台湾にまずい店というのは存在するのか」と出版社の社長に訊いたところ、「あるある」という返事だった。しかしながら私にとってみれば、台湾には、すごくおいしい店ともっのっすごくおいしい店の二種類しかない。なぜファストフード店が彼の地に存在するのか、私にはまったくわからない。安くておいしくて素早く出てくる料理が、あんなにあるのに。

と、食のことばかり書いているけれど、仕事もとてもたのしかった。トークショーで同世代や年長の作家と話せたのも刺激的だったし、サイン会には驚くほどの（もしかして東京でやるより多くの）方がきてくれた。今回の新刊だけでなく、台湾で翻訳されている全著作を持ってきてくれた人もいた。うれしくて泣きそうになったことも、ちゃんと記しておきます。

（「ノバリエ」２０１２年・春）

受け継がれた言葉と心

　異国を旅するようになると、あらためて自分の生まれ育った国のことを考えてしまう。いろんなことが、土地土地であんまりにも違うので、考えようとしなくても考えざるを得ない。

　自分の慣れ親しんだ土地の、美点と思えるところも、そうではないところも見えてくる。たとえば安全。ファストフード店で、荷物で席を確保し、財布だけ持ってレジにいくということは、ほとんどの異国ではまずあり得ない行為で、日本でそれを見た外国人旅行者は驚愕する。この安全感覚のまま旅するととんでもないことになるが、でもやっぱり、安全を信じられる土地というのは、すばらしいと思う。

　見知らぬ人が親切にしてくれる土地を旅すれば、自分の国の人たちはこんなふうに親切ではない、他言語で話しかけられたら知らんぷりすることもあるよな、などと思ってみたりする。理解できないことがらにたいしては、私たちはものすごく慎重だったり、かたくなな態度をとったりする。

　いい、とか、悪い、ではなくて、旅するたびに私が実感するのは、私たちに根づいた「沈黙」の、不思議さである。

どういうことかといえば、コンビニエンスストアのレジで、フォーク並びをしていたとする。そのことに気づかず、ひとりが、あるレジに直接並ぶ。そのとき、だれもその人に「こっちに列ができてますよ、最後尾はこっちですよ」と、声をかけない。ただ、じーっとその人を見る。にらんだりもする。気づけ！という念が飛ぶ。そして、間違って並んだ人は、往々にして気づく。念は届くのである。混んだ電車で降りる際も、「降ります」と一言言えば道は開くだろうに、無言で分け入り、荷物を人にぶち当てながら降りていく人は多い。

いつもはなんとも思わない。私もなんにも言わずに暮らしている。列の並びかたを間違える人がいれば念を飛ばす。私が念を飛ばされれば、あっ、と気づいて静かに並びなおす。見知らぬ人に親しげに話しかけられたりすると、ぎょっとする。

ところが旅に出ると、たいがいの異国は声を発することが常識となっている。エレベーターで先にどうぞと言われれば「ありがとう」、ドアを開ければ「ありがとう」、バスを降りるときは運転手に「ありがとう」、とありがとうは異様に多い。ほんの少し肩が触れあえば「あら、すみません」と言い、違った列に並んでいれば「こっちだよ！」と全員が言う。多くの外国人は非を認めることになるからごめんなさいと言わない、と聞いたことがあるが、それはきっとビジネス上の話だろう。町を歩いていれば、ぶつかる、道を譲られる、などの場面で「すみません」ではなく「あらあら、ごめんなさいねー」とごくふつうに言うように私は思う。旅行者である私にも言う。言葉がわかろうがわかるまいが、とりあえず言う。「注文は向こうだよ」「外国人の列はあっちだと思うわよ」、果ては「そのスカートかわいいわねえ、どこで買ったの」。わからない言葉は推測するしかないのだが、なぜかわかる場合が多い。

そういう旅から帰ってくると、やっぱり帰国数日は沈黙に戸惑う。念の飛ばしかた、念の気づきかたを忘れているのである。

言葉を発することがすてきで、沈黙はへんなこと、とは、でも私は思わない。そういう文化習慣が培われてきた背景に、興味を抱くのみである。

こんなに言葉を発しない私たちだが、おもしろいことに、他の国ではあまり聞かない言葉を持っている。それはいろんな挨拶の言葉。こんにちはやさようならはどの土地でもあるけれど、「いただきます」「ごちそうさま」、「いってきます」「いってらっしゃい」、「ただいま」「おかえり」などは、他国にはあんまりないんじゃないか。ほかの国の「おいしく召し上がれ」とか、「たくさん食べてください」という言葉と、料理した人や具材への感謝をこめた「いただきます」は、あきらかに違う。「ごちそうさまでした」もしかり。いってきますや、ただいま、というのも、言い換えはできても、ニュアンスは異なる。それらの決まり切った挨拶は、習慣というよりどちらかというと礼儀の問題で、だから「いただきます」や「いってきます」を言わないと、親に注意されたものだった。

私はそういう言葉を、とてもうつくしいと思う。礼儀としてそうした言葉を口にするその行為自体もまた、うつくしいと思う。そして、日本的だと思う。

ほかにも決まり言葉というのは多々ある。相手に何か渡すときに添える「つまらないものですが」だの、手土産をその場でいただくときの「お持たせで失礼ですが」だの。結婚式では「末永くお幸せに」と言い、お葬式では「ご愁傷さまでした」「お悔やみ申し上げます」と、言う。

挨拶ではない、こうした決まり文句を、若い日の私は嫌悪していた。心のこもっていない、ありものの言葉じゃないかと思っていた。だから極力使わずに、自分の言葉で発語しようと思っていた。それはそんなにむずかしいことではなかった。フリーランスで働く若かった私にとって、上下関係に厳しいつきあいもなく、しきたりや礼儀が重視される場もさほどなかったから。

しかし困ったときがある。友人が、母親を亡くしたときのことだ。葬儀場で友人に会い、私は言葉をさがした。でも、何をどんなふうに言っても、友人のかなしみには届かないように思えた。思い浮かぶ「自分の言葉」は、安っぽいものばかりで、そんなことなら、何も言わないほうがまだましに思えた。それで私は結局、友人に声をかけることなく帰った。

　そんなときのために、決まり文句があるのだと知ったのは、自分の身内が亡くなったときである。ご愁傷さまでした。お悔やみ申し上げます。心中お察しいたします。私にかけられたそれらの言葉の、なんとあたたかく感じられたことか。何も言わなければ、何も伝わらないと私はそのとき痛感した。かなしみのさなかにあるこちら側は、黙っている人が自分を思いやってくれていると想像する余裕すらないのだ。

　沈黙の文化のなかで思いを伝えるすべを、私たちは、決まり文句を定着させることで見いだしてきたのではないか——そんなことまで私は考えてしまう。決まり文句があれば、私たちはよけいなことを考えず、気の利いた言葉をさがすあまり無言になったりすることもなく、そこに自分の思いを託すことだけに心をくだくことができる。なおざりにすますためにそうした言葉は受け継がれてきたのではないと私は思うのである。そうしてそれは、沈黙のなかで暮らす私たちの、とてもうつくしい習慣だと思う。


（「ノバリエ」2012年・秋）

スンドゥブでありスンドゥブではない

はじめて韓国にいったのは十七年前だ。一九九八年の冬。韓国料理も韓国カルチャーも、今ほど日本に浸透していなかった。この旅で、早朝、たまたま入った店で食べたものがおいしくて仰天した。ただの辛い汁とごはんのセットなのだが、この汁が辛くてこくがあって本当においしかったのだ。そのお店は労働者ふうの人で混んでいて、人気がある店なんだなあと納得したのも覚えている。

この旅の印象は、何もかもがおいしい、ということだった。三泊四日の旅だったのだが、朝昼晩、食事どきになるのが待ち遠しいほど、何を食べてもおいしかった。もちろんたいていのものには名がある。ビビンバ、参鶏湯《サムゲタン》、チャプチェやチヂミ、ブデチゲ。たまたま入った店がおいしくて、「ここはビビンバのおいしい店だと覚えておこう」と思ったり、あるいは「クッパのおいしい店」をさがして向かったりして、どこで何を食べたか、ちゃんとした記憶がある。

だからこそ、名前を知らない辛い汁とごはんの定食は、もっとも忘れがたかった。店の名はもちろんわからない。そして料理名を知らないかぎり、もう二度と食べられない。

この十七年前の旅では、マッコリを置いている店は非常に少なかった。東京でも今ほど人気飲料ではなく、その店が独自に作ってメニュウに載せていたりした。私はこのころからマッコリが好きで、韓国にいけば思うさまマッコリが飲めると思っていたので、多くの店で「置いてない」と言われてびっくりした。若者向けの、お洒落な民芸風居酒屋で、「マッコリなんて飲むのは老人だ。若い人は飲まない」と、韓国焼酎を勧められたのを覚えている。

旅から帰り、一年後くらいに、忘れられない「辛い汁とごはん」のエッセイを書いた。そのエッセイが、二年後くらいに単行本に収録されて出版された。そしてそのエッセイを読んだ知人が、それはスンドゥブ・チゲだと教えてくれた。あのおいしいものの名前が、旅からこんなに時間がたってわかるなんて！　と妙に感動した。また韓国にいったとき、これでふたたびあのおいしい汁にありつくことができる。だって名前がわかるのだ！　そのころには、日韓ワールドカップサッカーも近づいて、私が旅したころより韓国は急激に身近になった。そもそもあまりテレビを見ない私は何ひとつ知らないのだが、でも、韓国ドラマもK－POPも大流行して、ますます韓国の食やその他の文化があふれるように入ってきた。そうして今や、スンドゥブ専門店まであるではないか。都心ばかりではなく、私の住むちいさな町にもフランチャイズのその店はある。サムギョプサル屋もある。カムジャタンの店もある。韓国食材店もある。まったくありがたいことである。

昨年二〇一四年に、十六年ぶりにソウルにいった。一泊の短い旅である。十六年という歳月の長さを実感するほど、どこもかしこも記憶になかった。かろうじて明洞《ミョンドン》の騒々しさと売り物の過剰な感じは記憶通りだった。そうしてやっぱり、何を食べてもおいしい。かつてはあんまり見かけなかったマッコリも、人気飲料になったようである。

それでも不思議なことに、私はやっぱりあの辛い汁を求めているらしいと、ソウルを歩きながら気づいてしまう。スンドゥブという名のついたものではなくて、そのおいしさで記憶に刻みこまれた、なんの変哲もなさそうなあの汁とごはんの店が、またふっとあらわれないかなと、心のどこかで期待している。あの旅で出会ったあの未知なる食べものが、やはりどうしても忘れられないのである。

食べることのかなわないものはたくさんある。『ぐりとぐら』のカステラや『アルプスの少女ハイジ』の白パン。亡き母の作ったお稲荷さんに、記憶に沈む誕生日のバタークーキ。あの寒いソウルの辛い汁とごはんも、その殿堂入りを果たしてしまったようである。

（「スッカラ」95号　2015年4月）

本気の機内食

旅をしていると、航空会社に否が応でもくわしくなる。ぜひ乗りたい航空会社、乗ってもかまわない航空会社、ぜったいに乗りたくない航空会社と、自分のなかで分類ができる。韓国のもっとも有名な航空会社は大韓航空とアシアナ航空だが、そのどちらも私は大好き。分類としては、ぜひ乗りたい。

まず、食事がおいしい。はじめて大韓航空に乗ったのは一九九九年、二十年近くも前だ。韓国乗り継ぎのロンドン往復便だ。ロンドンに向かう飛行機で出た食事はビビンバだった。チューブのコチュジャンがついている。これをごはんの上に絞り出し、スプーンでかき混ぜて食べようとすると、

「もっと！」

とキャビンアテンダントの女性に注意され、跳び上がった。私、いったい何をやらかしてしまったのかとにわかに不安になるほどの、真剣な声。な、なんでしょう、と通路に立つアテンダントを見上げると、彼女は真顔で言い放った。

「かき混ぜかたが足りません！　もっとちゃんと混ぜて」

びっくりした。あわててさらにかき混ぜて食べた。おいしかった。これにもまた、びっくりした。機内食をおいしいと思ったのは、そのときがはじめてだった。

韓国を往復する飛行機に乗ると、そのときのことを毎回思い出す。

先月韓国にいったのだが、帰りの便がアシアナ航空だった。乗るやいなや、食事になるのが待ち遠しい。食事前に配られたメニュウには、洋食と韓国食がのっている。もちろん韓国のごはんを選ぶ。サムパブ、という聞いたことのないものだ。飲みものが配られ、食事が配られる。何やら食器がたくさんあるのに驚き、さらに、食べかたの指南書を読んでまた驚く。

メインの器には、ごはんとプルコギ風の肉がのっている。その他の器にはそれぞれ、スープ、キムチ、サムパブ専用の味噌、そして生野菜をくるりと巻いてラップしたもの。指南書によると、この生野菜に、肉とごはんをのせ、味噌と好みでキムチをのせて、巻いて食べる、とある。生野菜のラップをほどいてみると、機内とは思えないほど新鮮な野菜が登場する。しかも種類が豊富。サニーレタスにサンチュ、エゴマの葉、白菜、チコリといった葉野菜に、スティック状のキュウリ、にんじん、大根、さらには生の唐辛子も入っている。

「本気だ……」と内心で驚きつつ、葉を手に取り、肉をのせごはんをのせ、味噌をのせ、キムチをのせ、大好きな唐辛子をのせ、くるりと巻いて口に入れる。口に入れるのにちょっと苦労が必要だが、食べてみて、どひゃあ、と思った。

本当においしいのである。手を休めることができなくなり、葉を広げ、ほかのものをせっせとのせ、苦労して食べ続けた。そうしながらずっと考えていた。いったいだれがこんな面倒な食事を機内食にしようと提案したのだろうか……。機内食ってもっと、さっと、ぱっと、どこも汚さずに食べるものでしょうが。こんな、広げてのせてくるんで、大口開けてかぶりついて、巻いた葉からぼとぼとと汁や味噌が落ちて、手がべとべとになって、でも食べやめられなくなる、こんなものはふつう、飛行機で出さないでしょうよ……。そして、なんなの、この憎たらしいまでのおいしさは……。

しかも酒が進む味である。夢中で食べながら、幾度かワインのおかわりをした。その都度うつくしいキャビンアテンダントの女性がワインを注いでくれる。食べ終えて、デザートの皿が配られるころ、さっきのアテンダントがワインの瓶を持ってきて、頼んでいないのについでくれる。ちらりと私を見、「これで最後だから飲んじゃって」的な身振りで空になった瓶を示し、笑いかけて去っていく。グラスにはこぼれんばかりになみなみつがれたワイン。こんなふうにたっぷりワインをついでくれるアテンダントも、そうそういないのである。

「もっと混ぜて」と真剣に言うアテンダントを思い出すときと同様、あのおいしさを思い出すたび、笑いたくなる。なんて本気。なんてキュート。

（「スッカラ」96号　2015年6月）

うつくしく調和した世界

鳴き声が「トッケイ、トッケイ」と聞こえる、その名もトッケイヤモリという生きものが東南アジアにはいて、この「トッケイ」、七回連続で鳴くのを聞いたら幸福になる、と二十五年も前に旅先で聞いた。しかしながら今まで一度も聞いたことがない。

夢のなかでその「トッケイ、トッケイ」が聞こえてきたので、無意識に数を数えはじめると、六、七、八回と続いて止まった。八回だ！と思ってがばりと起きた。夢ではない。はじめて聞いた。そして自分がバリの、山のなかのホテルにいることを思い出した。窓の外一面にジャングルが広がっている。窓は閉め切ってあっても、木々の深い匂いが部屋を満たすかのようだ。

バリのウブドも大きな町ではないが、さらに車で一時間走ると、あたりには民家も商店も数えるほどしかない山奥になる。時間の流れが一気にゆるまり、空気の密度も濃くなる。ヒンドゥー教徒の多いバリでは、みな信心深いと有名だが、都心を離れるとさらに神さまが身近になる。古代遺跡や世界遺産登録されている寺院を訪れるために、「星のやバリ」の現地スタッフが、神さまへのお供えものであるチャナンの作り方を教えてくれ、お詣りのための正装を手伝ってくれるのだが、ちょっとした言葉の端々に、彼ら、彼女たちが神さまのすぐそばで暮らしていることがわかる。

信仰心が篤《あつ》いけれど排他的ではないので、どの寺院にも観光客が入ってお詣りすることができる。いくつかの寺院では沐浴《もくよく》もできる。ヒンドゥー教で沐浴は、心身の浄化という重要な意味を持っている。お詣りにも沐浴にもルールがある。火のついた線香とともにチャナンを供え、自分の名前とどこからきたかを告げ、まず太陽神に、その土地の神さまに、自然の神さまに……と、チャナンの花を片手で掲げるようにして五度祈る。沐浴も、まずチャナンを捧げ、両手を合わせて祈り、流れ出る水でまず口をすすぎ、顔にかけ、頭にかけ、頭から直接水を受けて再度祈る。お詣りと沐浴の方法を教えてくれるガイドさんも、じつに信仰心の篤い人で、「もっと腕を上げて！」「深く水をかぶって！」等々の真剣な指導が入る。こちらも身の引き締まる思いだ。

もっとも印象に残ったのはスバトゥの滝での沐浴だ。ガイドさんの指導のもと、谷底の滝に打たれて祈るのだが、すさまじい勢いの水を浴びていたら、たとえばいつも祈るような家族の健康とか幸福などはまったく思い浮かばなくて、世界が平和でだれもがふつうに暮らしていけますように、という願いしか、思い浮かばない。そして滝から上がって山道を登っていくときに、遠くの山々や空や雲や木々が、異様にきらきら輝いて見えて、自分でも少々たじろいだ。

「星のやバリ」では朝と夜の無料ヨガレッスン、それから希望者にはプライベートレッスンを行っている。それに参加したのだが、周囲に山と生い茂る木々しかなく、聞こえるのは鳥と虫の声ばかり、という環境で、教えられるまま四拍息を吸い、八拍で吐き、体のあちこちをのばしていると、自分が、木や草や雲や石ころや鳥や虫なんかの一部であるような気になる。自分のために体の調子を整えているのではなくて、その一部として、全体に調和するために体を動かしているような気持ちになるのだ。それで、あ、と思った。滝で思ったことは、偽善でもなんでもなくて、「うつくしい世界がうつくしく調和したままであるように」という、私個人ではなく、全体の一部としての思いだったのではないか。心身ともに浄化する、ということは、自分がこの世界を形成するすべてのものの一部でしかないと、気づかされることではないか。

日が傾きはじめると、ジャングルの木々はいっせいに金粉をかぶったような色になる。ゆっくりした時間の流れが、さらに、とろりとしたものに変わる。私、休息がほしかったんだなあ、としみじみ思う。長時間眠ったり、好きなだけ飲んだりするのが休息だと思っていたけれど、こんなふうに、私、という個を離れて、ただそこに広がる大きな自然の一部になる――そんなふうに思える時間を持つことこそ、とくべつな休息なのかもしれない。

帰る日に、頭上から聞こえるトッケイの声を数えながら、たった数日の滞在で、幸福というものの概念が、自分の内でずいぶん変わっていることに気づいた。

（「婦人画報」２０１９年２月号）

増えていくタイ

旅する機会があると、かならずいったことのない場所を選んできた。だからどの国も、幾度も訪れるということがない。唯一の例外がタイで、一九九一年にはじめて訪れてから、八回いっている。今年の夏にも訪れた。

何度訪れても、その変化に驚いてしまう。九一年からこの二十数年のタイの変化は、東京における変化よりよほど著しいのではないか。地下鉄が走りスカイトレインが走り、巨大な商業ビルがいくつもできて、バンコクのサイアム・スクエアを歩いていると、近未来かと思うほどだ。

けれどその変化のなかに私が何を見るかというと、まったく変わらない部分である。過剰なほどものののあふれる市場、食べものの匂いのひしめく屋台の連なり、橙《だいだい》色の袈裟《けさ》を着たお坊さんと、彼らにたいする人々の厚い敬意、それから、この国に生きる人のあたたかさ。どんなに町があたらしくなり、近代的な建物が建っても、それらが失われることはない。

今年の夏も、たまたま道を尋ねた男性が、車道まで私を連れていき、タクシーを一台一台止めて、私の目的地を知っているか訊いてくれた。九一年に訪れたときも、一時間近くもいっしょにバスを待ってくれたり、私を目的地に送り届けるためだけにいっしょにバスに乗ってくれたりする、多くの人に助けられた。タイの人たちは本当に、困っている人を見ると、自分の時間をいともたやすく差しだす。そのことに毎回驚き、毎回胸を打たれている。

六年前にもタイを訪ねた。そのときは仕事で、タイ在住の、タイ社会についてものすごくくわしい方にお世話になった。ちょうど『紙の月』という小説を書いているときで、主人公の逃亡先について考えていた私は、この方に、「もし私がよんどころない事情を抱えてこの国に逃げてきたとしたら、生き延びることは可能でしょうか」と訊いた。じつは私は二十三年前、タイの離島で「よんどころない事情を抱えて、日本には帰れない」と言うバックパッカーに会ったことがあった。それを念頭に置いて訊いたのだ。可能でしょうね、とその人は答え、ごくかんたんにだが具体的に、タイ国内のどんな町や村にいけば可能かを教えてくれた。そのとき私には見えたのである。いままで自分が旅してきた、バンコクを、チェンマイを、チェンライを、メーサイを、ひたすら歩く、バックパッカーにしては年を取り過ぎた逃亡者を。タイの人々は、持ち前の親切心で、助けたなどという意識もなくこの異邦人を助けるだろう。旅を続けさせるだろう。生き延びることが可能かもしれないと気づいたとき、だから彼女は、帰ることを自分で決めなくてはならない。

今年の夏、バンコクの喧噪のなかを歩いていて、ふと映像で見たバンコクの町が重なった。映画に出てくる屋台の果物屋をさがしてしまいそうだった。こうしてもうひとつ、バンコクにあたらしい記憶が加わった。

（「CROSSCUT ASIA」第一号　２０１４年４月）

サンティアゴ巡礼

一日目。ピレネーを越え、神さまに会いにいく

巡礼の道の出発点となるフランスのサン・ジャン・ピエ・ド・ポーは、レストランやカフェ、土産物屋が軒を連ねる、こぢんまりしたお洒落な町だ。ここで巡礼に必要なホタテ貝と杖を用意し、巡礼事務所で「巡礼手帳（クレデンシャル）」を入手する。この手帳に、巡礼路のあちこちでスタンプを押してもらうのだ。この町から、最初の難関といわれるピレネー越えがはじまる。私はピレネーの麓、ロンセスバージェスに車で直行し、そこから山道を歩いた。空は真っ青に澄みきっていて、雲ひとつない。歩いていると、どんどん空に近づいていくようだ。道のそこここに、方向を示すホタテ貝の道標がある。分かれ道にはかならず黄色いペンキで矢印が描いてある。黙々と歩いてふと振り向いて、息をのんだ。遠く、たなびく雲から山々がその頂をのぞかせている。海に浮かぶ島々のようだ。この世のものではないような、神秘的で幽玄な景色を前に、つい立ち尽くしてしまう。

神さまに会いにいく道なんだ、とあらためて思う。宗教校に通っていた私は、在学中は熱心に信仰したけれど、学校を出てしまうと神さまとも聖書とも離れた。けれどこういう、見たこともない圧倒的な景色を見ると、私は今も神さまを思う。特定の宗教ではなく、もっと大きな意味で、人智を超えた存在である何かにつけた、呼び名としての神さまだ。だって、想像を超えたこんな壮大な景色は、人間にはぜったいに創れないし、思いつくことすらできない。

イバニェタ峠まで下り、そこからブルゲーテという村に向かう。ちいさな村だが、ヘミングウェイが滞在していたことで有名だ。少し歩くと羊や牛の牧草地が広がる、のどかでのんびりした村である。ヘミングウェイの定宿《じょうやど》に宿泊。

二日目。ぶどう畑を抜けて、ワインの泉へ

朝食を済ませてチェックアウトをし、アルト・デル・ペルドンの丘を経由し、プエンテ・ラ・レイナに向かう。この町には「王妃の橋」という、巡礼者のために架けられた橋がある。泳ぐ魚群がはっきり見えるくらい澄んだ川に、優美なアーチをもつ橋が逆さに映り、絵画のようだ。周囲に近代的な建物がないせいか、橋を歩いていると、いつの時代にいるのか一瞬わからなくなるようなタイムスリップ感がある。

この橋の近くに、蛇口からワインの出る休憩所があるという。そういえばここはリオハ地区。スペインワインといえば、リオハとすぐ思い浮かぶ人もいるだろう。イラチェという名の村に向かう。このあたり一帯はぶどう畑である。巡礼路もぶどう畑のなかを通っていく。本当にあった！　蛇口が二つ並んでいる。右の蛇口からは水が、左の蛇口からは赤ワインが出る。一九九一年、巡礼者のために、地元の会社が無料でワインの提供をはじめたのだという。ずっと昔から行われてきた、巡礼者に敬意を示すようなもてなしがこうして今も残っている。ホタテの貝を器がわりにして一杯飲む。さっぱりしていて香り高いワインである。巡礼にアルコールはタブーのような気がするけれど、よく考えてみれば、聖書にぶどう酒はよく出てくるし、イエスの体はパンに、血はぶどう酒にたとえられる。

ここからブルゴスへ車で移動する。車を降りると、急に都会でびっくりする。そういえば、まだ二日目だけれど、ずっと山や畑のなかを歩いてきたから、林立する建物や車のいき交う道路に戸惑いを覚える。ブルゴスの大聖堂は、あいにく到着の数分前に閉門してしまっていて、なかを見ることができなかった。大聖堂前の広場では、何ごとかお祭りをやっている。民族衣装を着た女の子たちや子どもたちがぞろぞろと歩き、やがて生演奏とダンスがはじまった。

にぎやかなブルゴスをあとにして、レオンに向かう。その途中、車窓から見える景色が前とまったく違っていることに気づいて驚いた。昨日からさっきまで見ていたのは、ずっと斜面のなだらかな、木々に覆われた緑の山々だった。今、窓から見えるのは、灰色や褐色の岩山で、あらあらしく空に向かってそびえている。たった車で二、三時間しか移動していないのに、こんなに風景が変わるというのも興味深い。

　レオンに着いたのは、空はまだ明るいが夜の九時近く。サンティアゴ騎士団の宿泊施設だったというパラドールに宿泊する。

三日目。峠を越え、歩く、歩く、歩く

　盛大に晴れたこの日のテーマは「歩く」。限られた時間のなかでの移動とはいえ、やっぱり少しでも多く歩きたい。この日歩いたのは、フォンセバドンまでのイラゴ峠、それからラ・ラグナからセブレイロ峠、その山頂からリニャレスに向かって下り、目的地近くに移動し、サンディエゴ空港近くの森も歩いた。

　驚くのは、どの道もじつに個性的で、取り巻く光景がまったく違うことだ。イラゴ峠の道の両側は低木と色鮮やかな花に彩られ、連なる山々と、山の斜面にへばりつくような集落が見える。セブレイロ峠に向かう道からは、ひたらす折り重なる緑の山々。どの道から見る景色もそれぞれにうつくしく、難所だといわれているが、そう感じる

より先に、見とれてしまう。すれ違う人、追い越す人、みんな「ブエン・カミーノ」と笑いかけてくれる。

ひとりで歩いたらきっと不安で孤独だろうけれど、その不安も孤独も忘れる瞬間が幾度もあるのではないか。実際私には、見守られているというような意識が、うっすらとだがあった。おそらくそれは、晴天の下、隅々まで光景が見えすぎるから。見えるから、見られているように思うのだ。つまり、私の見ている景色が、私を見守ってくれているという錯覚。神さまを心から信じている人というのは、こんな気持ちなのかもしれない。

大聖堂前の広場は、到着の歓喜のあまり抱き合う人たちや、酒盛りをはじめるグループ、感極まって泣いているひとり旅の人など、さまざまな巡礼者が大勢いる。歩いた距離はわずかだった私でも、壮麗な大聖堂を見上げると胸にこみ上げてくるものがある。

四日目。そして、ついに地の果てまで

大聖堂は、正面からではなく北側のアサバチェリア門から入る。日陰から入って、聖堂内で罪を許してもらい、日向へと出ていく、というのがただしい参拝らしい。中央には金色に輝く中央祭壇がある。巡礼者は、この中央祭壇に飾られている聖ヤコブ像を抱き、地下の棺にお詣りし、プラテリアス門から出る。ヤコブ像にも棺にも、巡礼者の列ができているが、そんなに待たなくても順番はやってくる。ここで、巡礼を終えたことを感謝をこめて報告し、お願いごとをするのだという。

ここで巡礼の旅は終わるのだが、〝地の果て〟と呼ばれるフィステーラ、さらにヤコブのもとに聖母マリアが現れたという伝説のあるムシアまで足を延ばす巡礼者もいるという。私もフィステーラをめざした。

車窓に海が広がるのが見えて、今までずっと山の光景だったことに気づく。岬で車を降り、灯台まで歩くと、海がほぼ三六〇度広がっているのが見える。その光景につられて、気持ちも大きく解放されていくようだ。

三泊四日という超特急だったが、その日数の何倍、何十倍のものを見てきた気がする。地域によってまったく異なる景色や食べもののせいもあるけれど、すれ違い挨拶を交わした、じつに多くの巡礼者たちの、人生の一部に触れたせいもあるだろう。なんてゆたかな旅だろう。

旅のあいだだけ、荷物を降ろそう

一日目のことだ。雲海からのぞく山々の頂を放心したように眺めたあと、イバニェ夕峠に向かって歩き出した。晴れているせいで、すみずみまで光景が見渡せる。ずっと下にある道路や、そこからあがってくる自転車の巡礼者も、山々をふちどる木々の葉が揺れるのも。それらに目をこらしているとき、ふと思った。日常生活で私が抱いている心配ごとや不安、抱えている問題や悩みが、今、ここには何ひとつない、と。なくなったわけではない、それらは帰ればまた今までどおり私を取り巻く。でも今、ここにはない。私は、今背負っているリュックより重いものは、何ひとつ持っていない。

そんな思いが浮かんで消えたとき、聖書の言葉が頭のなかに降ってきた。「空の鳥を見るがよい」「野の花がどうして育っているのか、考えて見るがよい」。信心のない鳥も野の花も、神さまは養い、うつくしく咲かせている。ならば私たちに、どうしてよくしないわけがあるだろうか、という言葉が続き、こう結ばれる。「だから、あすのことを思いわずらうな。あすのことは、あす自身が思いわずらうであろう。一日の苦労は、その日一日だけで十分である」

人が巡礼にいこうと思うときは、どんなときだろう。巡礼はただの旅ではない。好奇心だけでは出発できないだろうし、続けられないだろう。よほど強く、変わりたいとか、知りたいとか、自身を見つめたいという思いがあるはずだ。今回の私には、そういう強い思いはとくになかった。ただ、過酷な道の先にある聖地にいってみたいという気持ちだけがあった。それなのに、歩いていると、ふだん考えないようなあれこれが言葉となって思い浮かび、それに問い、答えるように、思考が続いていくのである。今心配ごとがないと気づき、突然聖句などを思い出している私は、要らぬ心配や不安をかき集めては、どんなものより重いエア荷物を抱え込んでいる日常での自分に、はっと気づいたりするのである。「一日の苦労は一日で十分」か……。記憶に沈んでいた聖書の言葉に、なんだか励まされたような気持ちになる。

長い道をひとりで歩いていると、否が応でも私たちは自分と向き合わされる。特定の宗教を信じていなくても、想像を超える壮大な景色を見ていると、人智を超えた何かとも、向き合わされる。それにくわえて、何世紀にもわたりこの道を歩いた幾多の人の思いも、足の裏から伝わるのだと私は思う。ただ歩く。人智を超えた何かに会いにいく。ほんのかすかにでも、人が変わらないはずがない。旅のあいだだけ、日常でいつも背負っている窮屈な思いを、私は手放して歩いていた。

（「婦人画報」２０１５年９月号）

四十二・一九五キロで知る那覇

那覇マラソンは、毎年十二月の第一日曜日に行われている。私がはじめて那覇マラソンに参加したのは、二〇一一年だ。たまたまその年の二月に、初フルマラソンを完走したので、また走りたかったのと、那覇に住む友人に会いたかったので、申し込みをしたのだった。

はじめて参加する那覇マラソンについて、私はほとんど何も知らなかった。大会の前日、友人夫婦の営む那覇の店で飲み、そこで「那覇マラソンは日本一完走率の低いマラソン大会」であると聞いた。そして忘れられないのが、この店ではじめてお目に掛かった写真家、垂見《たるみ》健吾《けんご》さんの言葉である。「沿道からたくさんの飲みものや食べものの差し入れがあるけれど、水かと思って飲んだら泡盛かもしれないから、気をつけて。あと、サーターアンダギーはもらわないほうがいいよ」。たしかに、走っているさなかにサーターアンダギーなどもかもかしたものを食べたら、口のなかの水分をぜんぶ奪われて、走るのが困難になる。

そのときは垂見さんの話に笑っていたが、あとからちょっとこわくなった。もしかして泡盛が出るかもしれないマラソン大会っていったい……。いやいや、きっとあれは、チャーミングな垂見さんのたんなる冗談に違いなかろう。

そして迎えた翌日。晴天だった。スタートは奥武山《おうのやま》陸上競技場。そこからすぐに国際通りを走る。国際通りを走りながら、すでに私は「この大会は何かへんだ」と思っていた。

まず沿道の応援の、熱気がすごい。国際通りの両側に連なる建物の、二階、三階ばかりか、屋根にのっている人もいる。太鼓を叩く人もいる。国際通りを過ぎても沿道の人は途切れず、子どもたち、中高生、大人たち、じつに様々なグループによるバンド演奏、三線《さんしん》や琉球太鼓演奏、エイサーなどの応援団が次々とあらわれる。そして、すでに五キロ地点前から、一般応援客からのドリンクとフードの差し入れがずらりと並びはじめるのである。

なんだこれ……と私はいぶかしみながら走った。それまでマラソン大会の経験は一度だけ、東京マラソンである。東京マラソンも応援客がすごいし、ドリンクやフードも充実している。でも、飲食物を提供するのは公式の大会主催側か、沿道の商店や企業である。こんなふうに、ごくふつうの人たちが、おそらく家庭で用意してきたのであろう果物や黒糖やチョコレートを配っているなんて、不思議ではないか。

しかも驚いたことに、この沿道の応援と、ドリンク・フードの提供は、ずーっと途切れないのである。サトウキビ畑の真ん中であろうが、住宅街であろうが、どこまでもだれかがいて、「ちばりよー」と声を張り上げていて、ランナーに何か差しだしている。おばあちゃんがたったひとり、黒糖をのせた盆を差しだしていることもある。ちいさな子どもたちが、そのちいさな手に皮をむいたみかんをのせて差しだしていることもある。ちばりよー、ちばりよー、と声をかぎりに叫んでいる。そうした光景に胸打たれて、私は幾度か嗚咽《おえつ》しそうになるのをこらえて走った。ジャージの袖口で何度も洟《はな》をかんだ。

二十一キロ地点、ちょうど半分走ったところで、目の前に海が見える。今まで海は見えなかったことに、ここで気がつく。薄い青ののびのびした空の下、真っ青の、広々とした海があらわれる。海面に光の帯が揺れている。「ああ」とつい声が出る。その先言葉が続かない。ああ、海だ。それだけ、実感するのである。この地点で、沖縄そばが配られている。ランナーたちは明かりに誘われる蛾のようにふらふらと近づいていく。おそらく、ここは「日本一完走率の低い」いちばん大きな原因になっているのではないかと、こっそり思いながら、そばを我慢して通りすぎる。海を見てそばを食べたら、走る気はまず起きなくなるだろうから。

ここから先も、応援客もドリンク・フードも途切れない。提供物はだんだん自由に、魅惑的になっていく。中華料理店から点心。牛丼屋からミニ牛丼。一般の人からおにぎり、梅干し、ビール、コーラ、熱い紅茶、唐揚げ、そして見つけた、サーターアンダギー！　垂見さんの言葉は本当だった。

私はその種類の多さに圧倒されるばかりで何も食べず、チューチューと呼ばれる棒アイスだけ、幾度かもらった。これがすばらしい。持ったまま走れて、甘くて、水分補給にもなり、おなかが水っぽくならない。二十一キロ地点以降、脱水症状がこわくて、飲みものはこまめにもらっていたのだが、あるところで水に手を出し、「泡盛だったら」という思いにとらわれ、あわてて手を引っ込めた。色の濁ったスポーツドリンクしか飲まないように気をつけた。この応援も、フードの提供も、最後の最後まで続く。スタートと同じ、奥武山のグラウンドでゴールすると、その先には屋台がどーんと並んでいる。焼きそば、焼き鳥、唐揚げ、お好み焼き、そしてオリオンビール！

那覇マラソンの、この過剰さに私は魅了され、以後、毎年参加している。二〇一四年から参加者は先着順ではなく抽選になったが、運のいいことに昨年も参加でき、今年も走れる。

一度参加するごとに、私は那覇マラソンの魔力を思い知っている。たとえば二〇一三年の大会当日は雨だった。雨はやむことなく、どんどん激しくなっていった。それなのに、沿道の応援客は晴れの日と同じように立ち、傘の下から黒糖やチョコレートや果物やサーターアンダギーを、ランナーに向けて差しだし、ちばりよーと叫び続けていた。

そしてまたべつの年。ゴールして休憩後、ホテルに戻る道の信号待ちをしていたら、道路の向こう側を母親に連れられて歩くちいさな男の子が、ランウェア姿の私を見、「マラソン、お疲れさまでしたー！」と舌っ足らずに、大きく叫んで手を振った。ありがとう、と叫び返したら、涙があふれた。こういうことのすべて、那覇マラソンの魅力であるが、それ以上に魔力だと思うのだ。人の心をとらえて放さない魔力。

毎年那覇にいっているのに、美《ちゅ》ら海《うみ》水族館も首里城もいったことがない。どこに何があるのかまったくわからかない。でも、知っているという自信がある。私は那覇という場所と、そこに住む人の心を、四十二・一九五キロ走るだけで、いつだってちゃんと見ているという自信がある。マラソンのさなか、未だに水を飲めないのも、知っているからだ。この町の人たちは、本当にまごうことなき善意でランナーに泡盛を提供しそうである、と。

（「coyote」２０１６年　special Issue）

原始を走る

西表島《いりおもてじま》の大原港に着いた瞬間、なんだか不思議なところにきたと思った。上原港に向かって走る車の窓から外を眺めていて、その思いはどんどん強まる。はじめての場所はどこも未知なわけだけれど、たいてい既視感がある。あの町に似ているとか、タイムスリップしたみたいだとか。けれど西表島は、どことも似ていない。まったくはじめて見る景色が広がっている。こんもりした木の密集した山が、どこまでも連なっている。空が広く、近い気がする。そして時間の流れが、私の知っているものとあきらかに違う。蜂蜜のような粘度で、とろりとろりと流れているみたい。

西表島になぜやってきたのかというと、竹富町《たけとみちょう》やまねこマラソンに参加するためだ。毎年二月に行われるやまねこマラソンは、今年で二十三回目になるという。二十三キロ、十キロ、三キロの部があり、私は二十三キロに申し込んだ。人気のある大会らしく、石垣島から乗ったフェリーは、ランナーとおぼしき人たちで満席だった。

大会前日、時間があったので浦内川《うらうちがわ》ジャングルクルーズに参加した。船着き場から船に乗って、マングローブの生い茂る川を進む。マングローブというのは特定の植物を指すのではなく、海水が満ち引きする河口に生える植物の総称だと、船を操縦するガイドさんが説明してくれる。そのとき、特別天然記念物のカンムリワシが頭上を旋回して飛んでいった。

船はゆっくりと進む。マングローブの、緻密に絡まり合った根っこが芸術品のようだ。木々の隙間から奥をのぞくと、三面鏡を三角形に合わせたみたいに、どこまでもマングローブのジャングルが続いている。その隙間にひと筋、太陽の光が射しこんでいて、ちょうど光の下に真っ白いサギがいた。あまりにもうつくしい光景に、幻を見たような気がする。

今はマングローブに覆われた川沿いから広がる土地は、その昔、娯楽施設もある炭鉱や、稲作や林業を営む人々の集落があったと説明を受けるが、なかなか想像できない。そのくらい、両側に広がる光景は人工物と対極で、幻想的だ。古代よりはるか昔、原始の光景のなかをさまよっている感じ。軍艦岩のある船着き場で、滝を見にいく数人をおろし、船は引き返す。

船を下りて、宿のある祖納《そない》集落に向かう。夕方六時なのに、空はまだ明るい。宿の庭で、大会後のふれあいパーティーで披露するらしいよさこいを、十数人の人たちが練習していた。揃いの衣裳を身につけ、音楽に合わせて踊る。北海道の斜里町からきたチームだという。踊る彼らの背後で、空がゆっくりと桃色に染まっていく。ゆるやかな風が吹く。ひととおり練習すると、彼らは踊りながら庭を出ていき、踊りながら公民館に向かっていく。音楽をかけながらミニトラックがついていく。彼らの姿が見えなくなり、音楽が聞こえなくなってようやく我に返り、またしても幻を見ていたような錯覚を抱く。紅い寒緋桜《かんひざくら》の花が夕空に映えている。

夕食を食べにレストランに向かう。明日のマラソンに備えて、今日はあまり飲まないようにしようと思いながら、つい泡盛を飲んでしまう。さっきのツアーで、西表島のイノシシはリュウキュウイノシシと言い、まったく臭みがないとガイドさんが言っていたので、イノシシと野菜の鉄板炒めを注文する。島豆腐のサラダ、ゴーヤーチャンプルー、オオタニワタリの天ぷら、ミジュン（カタクチイワシ）の唐揚げと、次々に頼む。イノシシは肉の味がしっかりとしてやわらかい。オオタニワタリも、はじめて食べたけれど感激するくらいおいしい。

しかしながら、じつは私は八重山《やえやま》にきてから、食べるもの食べるものなんでもおいしくて、ふだんよりすでに二キロも太っている。今さら無駄なのだけれど、明日、少しでも楽に走るために食事の量をおさえることにした。このレストランで有名だというガザミパスタ（地元で捕れるカニのパスタ）も我慢することにした。またきたときに食べればいいのだ！

レストランからの帰り道、街灯のない真っ暗な道を徐行しながら車で走っていると、

「ヤマネコに注意」の看板が次々と浮き上がって見える。何月何日にヤマネコの親子がこの付近で発見されたのでとくに注意、と書かれたものもある。今では島に百頭ほどが生息しているというイリオモテヤマネコ、見てみたいけれど、どうか今は出てこないで、と祈るように思う。

ふと思いつき、車を停めて、ヘッドライトも消して、車の外に出てみた。空を見上げて息を呑む。星が多いのだろうと予想はしていたけれど、それをはるかに超える星々。星砂の浜の砂を、両手いっぱいに握って空に放ったようだ。きれいだとか、うつくしいを超えている。圧巻の星空である。マングローブジャングルで思った、原始という言葉がよみがえる。

翌朝目覚めて外を見ると、快晴である。朝食を食べて宿の付近を散歩した。少し歩くと海岸に出た。澄んだ海水が空を映している。人がだれもいない。しーんとしたなか、波が打ち寄せ、引く音だけが響く。蜂蜜のような時間がさらに粘度を増して、今にも止まってしまうのではないかと思うほどだ。

海を背にして県道に出ると、スタッフの人たちが道路に三角コーンを並べたり旗を立てたり、大会の準備をはじめている。少し早いけれど、私もマラソン大会のスタート地点である上原小学校のグラウンドを目指した。ランナーたちはすでに大勢集まっている。小学生がカップ麺やジュースを売り、中学生が荷物預かりの案内をして歩いている。日が高くなるにつれ、どんどん気温も上がっていく。

十二時二十分、開会式がはじまる。気温が三〇度を超えたという司会者の言葉に、スタート前に並ぶランナーたちは思わず笑っている。そうして十二時四十分、スタートの号砲が鳴る。

走り出してすぐ、いやなことに気づいてしまった。真夏のようなかんかん照りだが、もしかしてずっと日陰がないのではないか……。

三キロ地点のあたりまで、沿道に多くの人が居並んで声援を送ってくれる。だんだん人もまばらになり、四キロ地点のあたりで上りの坂になる。なんとか超えると浦内橋、昨日船に乗ったあたりに出る。たしかに日陰がほとんどない。暑くてつらいのだが、両側に開ける光景に暑さもつらさも忘れてしまう。前を走る人、後ろを走る人の気配も消えて、光景と私だけになる。マングローブに縁取られて流れる大きな川、左右に緑の木々で覆われた山々。人間が住み着くずっと前の地を、ひとり、走っているようだ。気持ちがいいというよりも、何かこわいような気すらする。

六キロ地点の給水を過ぎたあたりで、また沿道に人の姿が多くなる。家族連れの人、グループの人、たったひとりで応援しているおばぁもいる。七キロを過ぎたあたりでもまた給水。ちいさな子どもがゴミ袋を持って、沿道に捨てられた紙コップを黙々と拾って歩いている。その姿に感動してしまい、ありがとう、と声をかけると、ぽかんとした顔で走る私を見送った。お礼を言われるようなことをしているつもりはないのだろう。

折り返し地点直前、十キロから十一キロ地点が長い長い坂道になる。ここがなんともつらい。歩いてしまいたいのをこらえて走るとトンネルがある。トンネルに入ってようやく坂はゆるやかな下りになり、そしてようやく日陰になる。トンネル内は涼しい風が吹いていて、「ああ、気持ちいい！」とつい言葉が漏れる。

十一・五キロ、折り返し地点では音楽の演奏があり、それを聴きながらまたトンネルへと戻る。さっきのつらい上りが今度は下り坂。坂を下りきると、また日陰のない炎天下の道が続く。けれど、道路に立って誘導しつつランナーに声援を送るスタッフの人たちを見て、この人たちもずっと炎天下で立っているのかと気づく。立ち通しで、暑いだろうに、走りすぎるとき、がんばれー！と笑顔で叫んでくれる。スタッフばかりか、沿道の応援の人もそうだ。ランナーの数がそう多くないので、がんばれー、という見知らぬ人からの声援は、そのまま走る人ひとりひとりに向けられ、私たちも、自分に向けられたものとして受け取る。ほかのマラソン大会ではあり得ない近さだ。

なんとか、一度も歩かずゴール。ゴール後、そのまま小学校のグラウンドに大の字に寝転がった。何にも遮られることのない青い空が頭上に広がっている。つらかったのも暑かったのも一瞬で消えて、ああ、なんて気持ちがいいんだろうと心から思う。空の一点に、細い細い三日月が薄く貼りついている。

なんだか不思議なところにきたという印象は、自分の足で走ってもまったく変わらないままだった。奥深すぎるのだ。あと何度訪れても、その印象はますます強まるような気もする。けれどもそれが、この島の魅力なのではないか。ならば私はすでに、その魅力にしっかり捕まってしまったようだ。

（「Coralway」２０１６年５／６月号）

とっておきのひとり時間

友人と旅をするのもたのしいが、ひとり旅にもべつのよさがある。

二人でもグループでも、友人といっしょの旅だと私は何もかも人任せにしてしまう。電車の乗り換えも宿も、どこで何を食べるかも。こういうことにくわしい人はかならずいて、ぜんぶ手配してくれる上に、無駄がなく失敗がない。時刻表すら読めない私にはまことにありがたい。

けれど、そうした旅は印象が薄い。友人たちとの話や、たのしかったという記憶だけが残り、その場所で何を見たか、何に興味を惹《ひ》かれたか、何をどう感じたか、などをはっきり覚えていないのだ。下手をすると、駅から宿までどうやっていったかも覚えていなかったりする。

ひとり旅だと、このあたりが違う。ひとりで読めない時刻表を読み、乗り換えに失敗して無駄な時間をホームで潰し、なんとか目的地の駅に着いて、道ゆく人に尋ねながら宿に向かう。「私ってだめだなあ」と思いながら眺めたホームからの景色や、道を教えてくれた地元の人のやわらかい言葉遣い、迷って入った路地なども、くっきりと記憶に残る。ああ、またいきたいなあ、となつかしく思い出すのは、ひとり旅をした土地のほうが多い。そうして、ひとり旅のさなかに、本当に自分が見たいもの、本当に自分が求めているものに気づいたりする。

私は太宰治が好きだ。太宰治の生まれた青森を旅してみたい、斜陽館《しやようかん》にいってみたいとずっと思っていた。ようやくいく機会を得た。五所川原《ごしよがわら》の町は太宰治が満載である。桜の名所、芦野《あしの》公園には太宰治の銅像があるし、太宰が暮らした疎開の家も今は公開されている。物産館には「太宰らうめん」なるラーメンまである。あこがれの斜陽館にもいった。斜陽館は、観光バスが乗り入れるような観光名所で、けっこうな来館者がいる。

けれども私が金木《かなぎ》の町巡りでいちばん興奮し、感動したのは、雲祥寺《うんしようじ》だった。そんなに大きくないお寺だが、太宰治の『思ひ出』に描かれている。子守のタケが幼い太宰を連れてきて、お堂のなかの地獄絵を見せて道徳を説くのである。この地獄絵は今も見ることができる。地獄に落ちた人間が鬼に焼かれたり、煮立った釜に入れられたり、切り刻まれたりする光景が、緻密に精巧に描かれた巨大な絵で、大人の私はただ圧倒されるが、子どものころに見たら悪夢にうなされるくらいこわいだろうと思う。この道徳観、死生観は、のちに作家となる子どもの内にしっかりと根を下ろしたのではないか。私は言葉もなく、まじまじと絵の細部を見てそう思った。

私はこの絵を見るまで、自分が斜陽館より疎開の家より、こうしたものに感動するとは思っていなかった。たぶん、だれかといっしょだったら気づかなかったろう。圧倒も感動も、だれかと言葉を交わすことで薄まってしまうように思うのだ。

斜陽館からさほど離れていないところに、川倉賽《かわくらさい》の河原地蔵尊というお寺がある。ここは友人に勧められて訪ねた。地蔵堂に足を踏み入れて言葉を失う。ここには約二千体のお地蔵様が祀《まつ》られているという。その数もすごいのだが、もっと驚くのは、ずらりと並ぶお地蔵様がみなたくさんの衣類を着ていて、それればかりか、お堂のなかに無数の衣類が掛けられていること。スーツもあれば着物もあれば日常着もある。ランドセルや鞄やおもちゃもある。これはみな、家族や近しい人が、亡き人がそれまで着ていたものや、あるいは新調して贈った衣類である。ものすごい数のお地蔵様と衣類を見ていると、それらが、亡き人への思いを可視化したものに見えてくる。亡くなったら人はいなくなるのではなくて、この世ととてもよく似たあの世にいくのだと、このあたりの人は信じているのに違いない。あの世でもこの世と同じように服を着て、そしてきっとおいしいものを食べたり飲んだりしている。この世とあの世は断絶しているのではなくて、つながっている。そこでもみんな幸福であるように。そんな思いを見るようだった。

こういう場所は、親しい友人でも誘いづらいし、それにやっぱりひとりで対峙《たいじ》しないと、死者に対する思い、さらにはひとつの死生観の深遠さが、これほど強くは伝わってこなかったのではないかと思う。


新青森から函館まで、新幹線と特急電車でいけるようになった。坂の多い、路面電車の通るうつくしい函館を、友人と訪れてもたのしいだろうけれど、ひとりでも充分楽しめる。元町公園のあたりで、キリスト教教会と仏教寺院がなんの違和感もなくひとつの光景におさまっていることに感動したり、坂をずっとのぼって振り向くと広がる海の光景に開放感を覚えたり、ただひとり、気の向くまま歩いているだけで高揚してくる。

青森で感じた、あの世とこの世が続いていて、生と死がものすごく近くにある感じは、海を渡ったこの町にはまったくなくて、土地の個性を思い知る。死生観や宗教観は、その場所の気候や風土によるところが大きいのだろうな、などと考える。

函館の個性といえば、「最古」がとても多いこと。道内最古、とか、東北以北最古、などもあるが、日本最古もちゃんとある。日本最古のコンクリート電柱、日本最古の観覧車が現存している。函館ハリストス正教会や元町公園など、観光名所の真ん中には北海道最古の神社、船魂《ふなだま》神社がある。船の安全を守る神社というのがなんとも港町っぽい。しかもこの神社には、津軽から函館を目指した義経一行にまつわる伝説もある。津軽から足をのばした旅行者には感慨深い。

旅のたのしみは食べること。やっぱり市場《いちば》にはぜったいにいきたい。知人に勧められたのは函館朝市だ。ホテルの朝食を食べずに向かい、活気ある市場を眺める。蟹やイカや魚卵類を見て歩いていると、血流がぐんぐんよくなる気がする。ひととおり見たら、隣接している食堂で、メニュウ選びにさんざん迷いながら幸福な朝食をとる。食べるときだけは、「おいしいね」と言い合う旅の友がほしいけれど、ひとりでもやっぱり、「ああ、おいしい」と言葉が漏れる。

（「ノジュール」２０１６年11月号）

Ⅲ　まちの記憶・暮らしのカケラ

ともに年を重ねる

　子どものころ、私のあこがれの住まいは団地だった。私の育った町には高い建物はなく、二階建ての民家と田畑が平たく続いていた。三階建てや五階建ての団地は、そのなかでは「高層住宅」だったし、それに、友だち同士が住んでいたりするのも、うらやましかった。友だちと学校からいっしょに帰り、眠るまで遊ぶことができるではないか、そう思うと興奮した。私はバスに一時間乗った先の小学校に通っていたので、そんなふうに気楽に行き来できる友だちが、近所にいなかったのである。

　そうして団地には、いろんな隙間があるように思えた。隙間、というのは、用途のないスペースである。階段の下とか、物置の裏とか、自転車置き場のあたりとか。私はとにかくそういう、放置された狭い場所が好きだった。秘密基地に最適だと思っていた。

　高い建物のないちいさな町を出て、東京で暮らすようになっても、そのあこがれはまだ残っている。団地が巨大化したような、何十世帯も住める集合住宅を見たときは、思わず見とれてしまった。

　私が子どものころにあったような、真四角の団地は今ではずいぶん少なくなって、モダンで、それぞれ個性的な団地が増えた。私の住む町にある団地も、敷地全体が広々としていて、建物がお洒落で、緑の木々がたっぷりと植えられ、歩道も広場もゆったりとつくられていて、その周囲を歩いているだけで気持ちがいい。

週末にランニングをしているのだが、あるとき、隣町まで走っていって、道に迷ったことがあった。迷っても、走っていれば見知ったところに出るだろうと、気まぐれに角を曲がり続けていた。そうしてある角を曲がって、足を止めた。

広い敷地に、あのなつかしい、白くて真四角の団地がずらりと並んでいるのである。ずいぶん規模の大きな団地だったようだけれど、取り壊すのか建て替えるのか、どの建物にもだれも住んでいなかった。建物のあいだにはブランコがあり砂場があり、木々が縁取り、そして私の好きな「隙間」がそこここにある。季節外れで花は咲いていないけれど、ずいぶん立派な桜の木があった。タイムスリップしたみたいだ、と思いながら、ふと思った。この団地がまだ新しいころ引っ越してきた若い夫婦、ここで育った子どもたちとともに、この建物は年齢を重ねてきたのだな、と。そう思うと、今はだれも住んでいない建物が、ずいぶん威風堂々として見えた。満開の桜を見上げるかつての家族の姿が、見えるようだった。そしてまたふたたび、子どものときとは異なるあこがれを、私は団地に抱くのである。

（「UR PRESS」38号　２０１４年・夏）

恋と相性

住まいと人とは相性がある。そして人はだれでも、ふだんは鈍いほうでも、いざ自分の住まいをさがすとき、勘が研ぎ澄まされると思う。二十代のころの私は、引っ越しの回数が非常に多かったのだが、何軒も何軒も賃貸物件を見ていて、そのことに気づいたのである。

扉を開いて、「あ、違う」という部屋がある。なんだか入りたくない部屋もあれば、暮らしがまったくイメージできないこともある。「ここだ」と即座に思うこともある。間取りや陽当たりや家賃など、あれこれ条件を出していても、結局、「ここだ」と思うか思わないかで、部屋を決めてきた。

部屋ばかりではない。町との相性も、きっとあるんだと思う。けれど、部屋が個人的なつきあいであるのにたいし、町は公的なつきあいだから、部屋のようには勘が働かない。住んでみてはじめて、「違うかも……」と気づくのではないか。

二十歳でひとり暮らしをはじめたのだが、それまでは引っ越したこともなく、ずっと同じ町で暮らしていたので、住まいや町という人間以外の何かと、相性なんてものがあるなんて、思いもしなかった。それではじめてのひとり暮らしに際して、家賃と築年数の浅さという、条件だけで部屋を決めた。

　わくわくと引っ越してきたものの、そこでの暮らしがどうしても好きになれず、わずか十か月ののちに、べつの町に引っ越した。商店街と飲み屋街の充実した、猥雑《わいざつ》でにぎやかな町で暮らしはじめてようやく、あの静かな町とは相性が悪かったのだと気づいた。好き、嫌いではなくそれはやっぱり相性なのだ。

　大学を卒業し、仕事をはじめ、また引っ越すことになったとき、だから、部屋だけでなく町も重要視しようと決めていた。しょっちゅう遊びにいっていた大好きな町と、たまたま友人が住んでいた町と、どちらにしようか悩み、結局、先にいい物件が見つかったという理由で、友人の住む町に引っ越した。その後、その町のなかで引っ越しをくり返し、今年で二十年住んでいることになる。引っ越そうか悩んだもうひとつの町には、今ではほとんど出向くことがない。あの町には、片思いをしていたんだなあと今思う。あんなに好きな町だったのに、まったく縁がないからだ。

　二十年前、たまたま住んでいた友だちは、今はべつの町どころかべつの県に住んでいる。私は今でもこの町を歩いていると、あのとき、こちらを選んでよかったなあとしみじみ思ったりする。恋より相性を選んでよかったなあ、などと。


（「UR PRESS」39号　2014年・秋）

町に沈む記憶

東京で暮らしていると、町の変化がよくわからない。実際は、あれ、ここにあったビルがなくなった、とか、こんな巨大な建物ができている、とか、しょっちゅう驚いている。あったものがなくなったり、なかったものが出現したりすると、それに気づくより先に、視界が何かぐにゃりと歪んだような錯覚を抱く。それで、ああ、と理解するわけである。

けれども、総合的にどう変わったかということが、わかりづらい。それはつまり、どこが変わっていないかも、とらえづらいということだ。これは東京の町の特性ではなくて、私の日常の場だからだろう。日常的に触れたり見たりしているものは、変化や不変がわかりづらい。

これが旅先だと、すぐわかる。昨年のはじめ、スリランカにいった。十四年ぶりである。コロンボの町には近代的な高層ビルが建ち、お洒落なショッピングモールが建ち、はじめて訪れたのと変わらないくらい知らない町になっていた。それでも、町を歩いていると、なんでもない場所がぴたりと記憶と重なる。点々と浮かび上がる記憶をつなげるように歩いていくと、当時からずっとあるお寺や公園に出る。

バスターミナルの喧騒、その周辺に密集する商店、色鮮やかな屋台の果物、ドアから身を乗り出し車掌がいき先を大声で告げるバス。以前も見た、歩いた、触れたもの、会話した人が次々に浮かび上がって、十四年前の旅そのものを、もう一度旅することができる。

近代的な建物やお洒落な店といった、めざましい変化に目をこらしていると、不思議なことに、見えてくるのは、変わっていないものばかりだ。その「変わっていない」部分が、その町の持つ本質なのだろうと、旅をしていると実感する。たとえばコロンボの町だったら、日向と日陰のコントラストや、近代化と手つかずの自然の矛盾のない共存、仏像が町の至るところに飾られているのに象徴される厚い信仰心、そして人々の寛容さ。そうしたものを、どれほど町が発展しても、人々が都会的に洗練されても、二十年後の旅人もきっと味わうはずだと私は思う。

私の暮らす町でも、ただわかりづらいだけで、そうした変化と不変はあり続けるはずだ。絶え間なく変化し、そのぶん不変はさらに根づく。

散歩の途中、なんでもないクリーニング屋さんの前を通りかかって、「あ」と声が出そうになった。その道はめったに通らないから忘れていたけれど、この町に引っ越したばかりのとき、はじめてビールを買った店だったと思い出したのである。その当時は酒屋さんで、借りた部屋からいちばん近い商店だった。酒屋さんだったころを思い出すと、とたんに、その角を曲がったところで飼われていた犬や、その先の駐車場でおこなわれていた猫集会なんかが、次々と思い出された。

ああ、やっぱり、自分の住む町にも、旅とは違う記憶が染み込んでいるのだなあ。

（「UR PRESS」40号　2015年・冬）

町の明かり

二〇一一年の四月、東日本大震災の一か月後に、新聞記者とともに三陸地方を旅した。その光景を見て、新聞に記事を書いてほしいという依頼を受けたのである。そうすることにひどく戸惑いながらも、承諾し、震災がめちゃくちゃな傷を残した町を、ただ呆然と歩いてまわった。

その同じ道程を、二〇一三年の冬もまた、旅した。その年はずっと雪が降っていて、かつて見た町並み――町並みがあった場所――は、真っ白に染まっていた。二〇一一年は、崩れた家と生活の欠片《かけら》がひしめいていたが、それらはすでに撤去されたのだということが、その白く果てしない空間を見てわかった。これだけしか進んでいないのか、という途方もない気持ちと、こんなにも整地されたのか、という頼もしい気持ちと、両方わき上がり、でも実際、どのように思えばいいのかわからなかった。

はっきりと「町が変わった」と思ったのは、釜石の夜である。凍った車道を車で慎重に走り、宿を目指しながら、暗い町並みのそこここに明かりが灯っている。それがはっきりと、二〇一一年と違う。飲食店の明かりである。そんなにこうこうとしているわけではない。けれど、真っ暗だった二〇一一年と比べると、ものすごい変化のように私には思えた。

宿に荷物を置いて、呑ん兵衛横丁に向かった。かつてあったところから場所を移して、仮設店舗で飲み屋街は営業している。通路を挟んでひしめく店から明かりが漏れて、降る雪を浮かび上がらせている。どの店も大賑わいだった。やっと入れる店を見つけて腰を下ろした。自分でも驚くぐらい、ほっとした。飲み屋があって、営業していて、仕事を終えて、さあ飲める、ということに。

その後にまわった気仙沼《けせんぬま》、女川《おながわ》でも、仮設店舗で営業している屋台街、飲食街、市場がよくあった。立ち寄ると、どこも活気があった。あるいは、私の目はそういう店や、店の明かりばかり、さがしていたのかもしれない。飲食を扱う店が戻ってきて、活気がある、ということは、本気で町が立ち上がったということのように、私には思えるのだ。その土地のものを食べること、飲むこと、集って酒を酌み交わすこと。そうしたことが、栄養とはまたべつの、私たちを生かす力となるのかもしれない。

車に乗って移動中、窓からある看板を見つけた。雪の積もった空き地に、手書きの看板が立っている。「ご支援ありがとうございます。いつかかならず恩返しいたします。気をつけてお帰りください」と、そこには書かれていた。その気遣いに、胸に明かりが灯ったような気持ちになった。

この空き地にもいつかまたふたたび家は建ち、今は何もない空間を、人々はまた自分たちの町を、暮らしを取り戻す日がくる。自分にできることをさがしてその日を待ちつつ、でも一方で、この旅で見た町の景色は、私の内に残り続けるだろうと思う。灯りはじめた明かりや、雪の空き地に立つ、心のこもった看板は。

（「UR PRESS」41号　2015年・春）

隣り合う時間

　身近にちいさな子どもがいないと、時間の経過はわかりづらい。年齢を重ねるにつれ、一年があっという間だという実感はあるけれど、二年も五年も経過の変化は同じようなものに思える。ちいさな子どもが身近にいると、その二年や五年といった時間の経過を、目で見ることができる。

　今住んでいる集合住宅には、十年前に越してきた。住人の年齢層はばらばらだが、比較的、若い夫婦が多かった。親しいつきあいはないが、戸数が多くはないので、他の住人たちとだんだん顔見知りになる。つきあいはなくとも、お子さんが小学生になったり、赤ちゃんが生まれたりすれば、それとわかるし、エレベーターで顔を合わせたときに会話もする。

　子どものいない私は、同じマンションの子どもたちによって、時間のすごさに気づかされる。このあいだまで私の腰くらいしか背丈のなかった男の子が、あっという間に見上げるくらいの背丈になっている。そういえば、いつの間にかランドセルではなくて校章入りの規定鞄に制服姿ではないか。それに、まだ中学生だろうと思っていた女の子が、お化粧をして、大人みたいな格好をして出かけていく。いや、あれは「みたい」なのではなくて、大人になったのだ、きっともう会社員なのだと気づく。

彼ら彼女たちがぐんぐん成長するあいだ、もちろん我が家にも変化はある。けれど時間の経過を実感させられるような変化ではない。猫がやってきたり、仕事場を引っ越したり、といった変化は時間の経過とは無縁だ。

ちょっと前にまだ赤ちゃんで、ついこのあいだ歩けるようになって、先週くらいにおしゃべりをはじめていたような子が、この春、黄色い帽子を被って真新しいランドセルを背負っている。あんまりびっくりして、「もう小学生？」と訊いてしまった。その子は照れくさそうに笑っている。私の「ちょっと前」や「ついこのあいだ」が過ぎるうちに、子どもたちは、自分の脚で立ち上がり言葉を覚え、母親の腕を離れ大きな世界へと踏み出していき、幾度も泣いたり喧嘩したり、幾度も笑ったり許したりし、ガードレールや民家の門や校門の塀より背丈を高くしていく。すごいなあ。心から思う。

四十歳から四十五歳になる五年に比べたら、ゼロ歳から五歳になる五年はどれほど波乱に満ちてたいへんなことだろう。けれどそのひとつひとつの経験が、きっと四十歳から四十五歳の五年間をさりげなく支えたりもするんだろうな。集合住宅に住んでいなかったら見えなかった時間を見つめて、そんなふうに思うのである。


（「UR PRESS」42号　２０１５年・夏）

お祭りの日

私の住む町には、夏の終わりにお祭りがある。その日は御神輿《おみこし》が出て町を練り歩く。近所の神社には露店が出てにぎやかになる。この町に引っ越してきたころ、私は二十代で、お祭りにとくべつな感慨はなかった。はっぴ姿の人が多いと、お祭りなんだなと思う程度だった。

お祭りを待ち遠しく思うようになったのは三十代になってからだ。商店街に提灯《ちょうちん》が並ぶとわくわくする。御神輿はぜひとも見たいと思うし、神社にもいきたい。いや、何をしたいというよりも、どことなく浮かれた雰囲気に自分も浸りたいのである。

数年前、そのように御神輿を眺めていたら、かつぎ手のなかに見知った顔があって驚いた。よくいく酒屋さんのご主人とか、ずっと前に住まいを紹介してもらった不動産屋さんが、はっぴ姿で御神輿をかついでいるのである。驚くようなことではない、当たり前のことなのだが、酒屋さんではない酒屋さんや、不動産屋さんではない不動産屋さんを見るのは不思議な気持ちがするものだ。そのあと、子ども神輿を眺めていて、あの酒屋さんも不動産屋さんも、昔はこっちをかついでいたのかなと思い、なんだか感慨深かった。

東京で暮らしはじめた二十歳のときからずっと、東京は移動の町だと思っていた。ひとつところにずっと住まう人よりも、私のようにほかの町からやってきて、住み、引っ越し、をくり返す人の多い町。実際そうなのだろうと思う。私の見かけた酒屋さんたちのように代々この町に住んでいる人も当然いるだろうけれど、仮に住んでいる学生や社会人、家族のほうがきっと多いはずだ。だから、お祭りが続いていることにちょっとした感動を覚えるのである。ずっと何年も前から、こうして御神輿は町を練り歩き、神社では太鼓や神楽《かぐら》の奉納があったのだろう。住み続ける人と、いっとき住む人たちが、守り続けてきたのだろう。

隣の町は隣の町で、またべつの神社から御神輿が練り歩く。こちらは薙刀《なぎなた》を持った天狗が御神輿の先を歩く。男女それぞれの御神輿と、子ども神輿が出る。女性の御神輿を見ていたら、外国人女性が多くてびっくりした。この町で仕事をしている人たちらしい。みんなははっぴを着てうれしそうに御神輿をかつぎ、その姿を友人たちが写真におさめている。この町で働く彼女たちも、いつか故郷に帰っていくのだろう。お祭りの日の記憶とともに。住み続ける人の思いと、いっとき住んだ人たちの記憶もまた、町というものを作っていくのかもしれない。

（「UR PRESS」43号　２０１５年・秋）

調和という快適

住まいの近所を川が流れている。毎週末、この川沿いにランニングをしている。川沿いに、ものすごくすてきな建物がある。緑に囲まれた広大な敷地に、それぞれ少しずつデザインの違う、でも統制のとれた低層マンションが並んでいる。ガラス面の多い、そのせいで薄緑色の印象を持たせる集合住宅だ。

棟数が多いのに、ぎっちり並んでいるのではなくて、空間にゆとりがある。その空間に、木々や草花が植えられ、石畳の歩道がある。木々も草花も、計画的に植えられたのではなくて、好き放題に伸びている。その、木々と草花の色、空、わきを流れる川、すべてひっくるめてひとつの完成された景色になっている。

そこを走りすぎるとき、晴れの日は言うに及ばず、曇りの日でもすがすがしい気分になる。調和というものは、ただそのわきを通りすぎる者にすら、これほどの心地よさを与えるのかと感心する。

長く通りすぎるだけだったのだが、あるとき、いったいどんなマンションなのだろうと気になって、敷地に近づいてみた。敷地といっても柵で区切られているわけではなくて、棟と棟のあいだも自由に通り抜けることができる。そして、その一連の建物が公団住宅だと知ってびっくりした。昭和四十年代生まれの私にとって、団地というと、真四角で真っ白のイメージだ。無機的で整然とした印象しかない。つくづく私はもう「古い」に属する人間なのだなあと、そのお洒落な建物群を眺めて実感した。

このあいだ、仕事でカナダにいった。そこで会った仕事相手の日本人女性が、カナダに転勤になるまで私の家の近所に住んでいたという。場所を聞くと、あの川沿いの公団住宅ではないか。そのことでひとしきり盛り上がった。彼女も、その集合住宅を見たときはあんまりお洒落だからびっくりしたのだという。抽選に当たって本当にうれしかった。住んでみると、駅からは少し離れているがバスもあり、川と緑が近くにあって本当に気持ちがよかった。転勤が決まって引っ越すときはさみしかった。そう話した。

外側からしか眺められない建物に、実際に住んでいた人がいると思うと意外な気持ちがする。けれども家のなかから見えるものも、外から見えるものも、おんなじなのかもしれないと思った。私がその集合住宅のわきを走りながら、すがすがしいと感じていたように、きっと彼女も暮らしのなかで、そっくり同じことを思っていたのだろう。調和とは、きっとそうしたものだ。

（「UR PRESS」44号　２０１６年・冬）

町を変える力

私の住む町には、戦前からある長屋式建物の並ぶ一角がある。私がこの町に引っ越してきた二十五年ほど前は、その一帯にはちょっとさびれたスナックが数軒あり、あとは閉店したままの店が多かった。ところが十数年前に一転した。あたらしい飲食店が次々とオープンし、活気ある飲み屋横丁に変身した。間口のちいさな、肩を並べるようなその飲食店にいってみると、どの店もそれぞれ趣向を凝らしていて、お洒落で、驚いた。

この長屋式建物のひとつひとつの店内も狭く、トイレのない店が多い。だからこの一帯には公衆トイレがある。そんな場所だから、駅前なのに家賃はさほど高くないのだろう。閉店していた店を若い人たちが借りて、思い思いのお店をオープンしたようだった。彼らの新鮮な発想で、間口の狭さや入り口の狭さ、トイレのなさなんかも、あたらしい魅力になっていて、感心したことを覚えている。以来、私もよくこの界隈に飲みにいくようになった。この路地のなかの店で飲んでいると、未だに、旅しているようなちょっとわくわくした気持ちになる。

七年ほど前、ベルリンを旅する機会があった。いちばんわくわくした場所がミッテ地区と呼ばれる一帯だった。旧東ベルリンに属していた一帯だという。開発が遅れたために、古い建物が多く残っているのだが、なんだか妙にお洒落なのだ。ガイドブックを読んでその理由はすぐにわかった。家賃の安いそうした建物を若い人たちが借りて、カフェやギャラリーやショップをはじめたのだという。多いのは「ホーフ」と呼ばれる場所。ホーフとは中庭を意味する言葉だという。中庭を囲むようにして建つ建物内の一部屋一部屋が、お洒落な店となっている。洋服店、雑貨店、カフェ、アクセサリーショップ、不思議なオブジェを並べたギャラリー等々。

団地に似ている。中庭を囲んで、真四角の古い建物が並んでいる。ひとつひとつの部屋がそれぞれ改装されて、お店になってる感じ。玄関ドアが開け放たれたところもあれば、閉まっているところもある。やはり住宅みたいで、最初はドアを開けたり足を踏み入れたりするのに、勇気がいる。訪れる客のあとについて入っていくと、だんだん慣れてくる。部屋ごとに雰囲気がまるで違って、買いものをせずとも、歩いているだけでたのしかった。

ミッテ地区を歩きながら、私は自分の住んでいる町を思い出していた。あの、変身した飲み屋街だ。壊したり、あたらしくしたりするのではなくて、従来あるものをそのままに、町を変えることができるのは、たいていの場合、若い人たちだ。経済や発展とはまた違ったものを目指している、若い人たちの力だ。そんなふうに思った。

（「UR PRESS」46号　２０１６年・夏）

横長の四角、縦長の四角

　なぜだか理由はわからないけれど、四角い集合住宅が昔から好きだった。団地を見るとわくわくした。大人になって、成田空港に向かう電車に乗っているとき、窓の外にものすごく大きな集合住宅が見えて、驚いたことがある。巨大な四角の棟がずらりと並んでいる。すごい、かっこいい、と思わず見とれ、見とれつつも不思議な気持ちになった。この建物にたいする「好み」は昔から変わらないらしいと、このとき発見したのである。以後、成田空港に向かうとき、都内へ帰るとき、私は窓の外にこの集合住宅があらわれるのを心待ちにしている。

　香港はまさに細長い建物ばかりの町だ。今はなくなってしまった啓徳空港に降り立つ飛行機に、幸運にも乗ったことがある。遠くから見たらマッチ棒みたいなビル群のなかに、すーっと飛行機は降りていくのである。ぶつかるのではないかという恐怖は感じず、私はひたすら、香港の景色に驚いていた。それまで、横に長い建物しか見たことがなかった。四角い建物好きの私だが、縦に長い建物には馴染みがなかった。だから、細長い建物が密集する光景は異様に見えた。その異様さにただひたすら圧倒された。もう十八年も前のことだ。

以来、香港は何度もいっているが、いついってもまだ見慣れない。いくたび、建物にびっくりし、圧倒される。

空港から電車に乗って中心街に向かう。山や工業地帯を映していた車窓に、やがてのっぽのビル群が見えてくる。曇りの日は霞の向こうに、晴れの日は青空を背景に、書き割りみたいな光景がじょじょに近づいてくる。ああ、香港にきたと指の先まで実感する。にょきにょきとそびえる建物は、ショッピングビルやオフィスビルのこともあれば、集合住宅もある。土地が限られているから、香港の中心に住もうと思うと集合住宅になるようだ。家賃を聞いて目を瞠《みは》った。東京よりずっと高い。

信じがたいことに、どんなに高い高層ビルでも、香港の人たちは竹の足場を組んで作る。はじめてこの「竹の足場」を見たときは混乱した。細い竹が複雑に、縄みたいなもので縛ってある。これがはるか上まで続いている。混乱が鎮《しず》まると感動する。うつくしいと思う。昨年、はじめて竹ではない足場を見た。鉄だったのだが、落胆している自分に気づいて苦笑した。

香港を歩いているとやたらにわくわくするのは、もしかしてかたちは違えど「好み」の建物に囲まれているからかもしれない。

（「UR PRESS」47号　2016年・秋）

楽さより、心地よさ

見ず知らずの人と会話をするのが嫌いだった。二十代のころだ。できるだけ、会話をしないですむ方法を考えていた。個人商店よりコンビニエンスストアのほうが、人と話さなくてすんだし、個人経営の食堂や居酒屋よりは、チェーン店のほうが話さないですむ。マニュアル対応というのは、人と話さなくてもいいようにしてくれる。コンビニエンスストアやスーパーマーケットやファミリーレストラン、チェーン店というのは、必要以上の会話をしなくていいような工夫がされている。

住まいもそうだった。管理人や大家さんがいないマンションを選んで引っ越してばかりいた。引っ越しをしても、隣や上下階の人に挨拶にいったこともない。

そういうことがよかった。楽だった。

なのにだんだん、年齢を重ねるにつれて、あまりにも機械的な会話に堪えがたくなってきた。店員が、自分ではちっともお勧めだと思っていないのに、本日のお勧め料理を読み上げたり、あきらかにひとり客なのに何名さまですか？　と訊くようなことに、我慢ができなくなってきた。結果、私はスーパーマーケットやチェーン店にはいかず、食材は個人商店で買い、飲んだり食べたりするのも、ときにはチェーン店のこともあるが、人間の言葉を話してくれる人がいそうな店を選ぶようになった。

知っている人なら挨拶し、天気のことでもなんでも、言葉のやりとりをする、そういうほうが無理がなくて自然だとわかる年齢になったのだと思う。食べたこともない料理を、心ここにあらずで勧める店員より、これは本当においしいのだと自分の言葉と声で言ってくれる人と話したほうが、心地よいということも、わかるようになったのだ。こういうことがわかるようになるためには、あの、自分が楽であることを選んだ、他人と会話のない若い日々も、必要だったのかもしれない。

近所に、おそらく建った当時そのままの、古い公団住宅がある。建物の真ん中にはちいさな公園があり遊具があり、敷地内には木々が植わっている。あるとき通りかかったら、まだ若い家族連れが何組も、敷地内の掃除をしている。枯れ葉を掃いて集め、空き缶やゴミをトングで拾い、みんな和気藹々《わきあいあい》と会話しながら作業をしている。子どもたちはそばを走りまわったり、遊具で遊んだりしている。古い団地は年配の人が住んでいると無意識に思いこんでいたから、ちょっと意外だった。意外に思いながらも無意識に立ち止まって眺め、なんていい光景なんだろうと思い、うらやましく思っている自分に気づいた。うらやましく思える自分でよかったと、続けて思った。

（「UR PRESS」48号　２０１７年・冬）

記憶の感傷ツアー

同じ町に二十五年住んでいる。正確には、そのうち四年ほどは隣町に住んでいたけれど、それでも二十年以上、同じ町内で引っ越しをくり返して今に至る。個人経営の飲食店と、古書店が多く、商店街が充実した町で、私にはたいへん暮らしやすい。

町の規模がちいさいので、どこかにあたらしい店ができるとすぐに話題になる。飲みにいった店や美容院や、町内の知り合いから「どこそこにこんな店ができたけど、いった？」と訊かれる。あたらしい店、とくに飲食店には私も敏感で、散歩していてそういう店を見つけると覚えておいて、ひとりで飲みにいったり、知り合いのだれそれに話題をふったりする。

ごくふつうに暮らしていると、あたらしい店には敏感になる。なんの店ができるのか、その店が自分の暮らしとどうかかわっていくのか、真剣に知りたいからである。けれども、消えゆく店はそれほどには意識しない。道を歩いていて、ぽっかりと空き地が広がっている。あれ、ここ、なんだっけ、と思う。なかなか思い出せない。そういうことがよくある。もちろん、常連だったならば話は別だけれど。

駅の構内にスーパーマーケットができた。オープン初日はものすごい人で、入場制限されて外にずらりと入場待ちの列ができていた。スーパーマーケットがある光景はまだ目あたらしく、今も店内はずいぶん混んでいるが、数か月先には見慣れて意識もしない背景になるだろう。スーパーができる前は、総菜屋やベーカリーなどの店舗がいくつか入っていた。ワインの種類が豊富なリカーショップが便利だった。さて、ではその前は……、と考えてみても思い出せない。スーパーが見慣れた背景になるころには、リカーショップのことも総菜屋のことも忘れてしまうのだろう。けれどももっとずっと前の景色となると、不思議とはっきり覚えている。私がこの町に引っ越してきたとき、駅の構内にはぽつんと立ち食い蕎麦屋だけがあった。その光景はなぜか忘れない。

ときどき私はそんなふうに、あえて、今はもうない店を思い出すことで復元する。思い出せないことも多いのだが、不思議なくらいはっきりと思い出せる店や通りがある。今は居酒屋になっているある一角は、一年ごとに店が変わっていて、その変遷すらも覚えていたりする。

今はもうない、ということは、この先永遠にないということだ。そのせいで、思い出す店や通りには感傷がついてまわる。そして、同じ時間の流れでこの町と私は生きているのだなと思うのである。

（「UR PRESS」50号　２０１７年・夏）

ファミレスならぬ、家族食卓

山形の鶴岡で仕事があり、一泊した。なんの観光もしないまま、翌日帰るというあわただしいスケジュールだったのだが、仕事相手の方が、帰る日、空港まで送りがてら「麦きり」の有名店に連れていってくれた。

麦きりという食べものを私は知らなかった。うどんより細い麺で、つゆにつけて食べる。庄内地方の名物らしい。連れていってもらったのは田んぼの真ん中にある、十時から開店している店だ。私たちが店に入ったのは十一時過ぎ。メニュウには、麦きりと、麦きりと蕎麦のあいもりのみ。

注文した麺が運ばれてくるまでのあいだに、どんどんお客さんがくる。若いカップル、老夫妻、家族連れ、若者たち。あっという間にテーブル席も座敷席も埋まってしまった。開け放たれた窓の向こうに、来週には刈り取りがはじまるという田んぼがずーっと広がって、遠く山の稜線が見える。

十二時を過ぎると一時間待ちの列ができるという有名店と聞いていたので、観光客に人気なのだろうと思っていた。でも、満席の大半は地元の人たちのようだ。年齢層が非常に幅広く、おじいさんおばあさんから、赤ちゃんまでいる。日曜日、みんなで麦きりを食べにいこうと言い合って、車に乗って出かけるんだろう。遠くまで続く黄緑の田んぼも、麦きりという料理も、車でしかこられない飲食店も、私にはぜんぶ非日常だが、ここにいる多くの人たちには日常の風景だ。家族連れが多いせいで、店そのものがどこかの家の広い居間みたいにくつろいだ空間になっている。なんだかいいなあ、すごくいいなあ、と私は憧れるように思う。

ファミリーレストランとかファストフード店ではなくて、その土地独自のもので、という家でも作れるけれど、今日は休みの日だしおいしい店にみんなで出かけよう、という雰囲気が私はものすごく好きなのだと思う。昨年、高松空港からフェリー乗り場に向かうときも、三十分程度の空き時間を利用して、タクシーの運転手さんにお勧めのうどん屋に寄ってもらった。ここもまた、年齢層の幅広い家族連れで混んでいて、店内が知り合いのおうちみたいになっていた。ここでも私は、いいなあと羨むように思っていた。

休日のファミリーレストランで、そんなふうに思ったことはただの一度もないのは、それが私にはより日常に近いからだろうか。その地方独特ではない、どこでも食べられるメニュウが、味気ないせいかもしれない。

（「UR PRESS」51号　2017年・秋）

季節と義務感

ちょっとしたことでも、一度はじめると、なかなかやめられなくなる季節行事はけっこう多い。たとえば梅干し作りだ。私の亡き母は、どういうわけだか「梅干しは、作りはじめたら毎年作らなければならない」と言っていた。毎年作っているのに、ある年でやめると何か変化が起きるのだ、となんだかおそろしい迷信のようなことを言っていた。私はその、出どころも根拠も不明な迷信を信じてはいない。いないのだが、なんとなく六月が近づくと、「梅干しを作りたい」ではなく「作らなくてはいけない」ような気持ちになる。

東京のある神社には有名なお守りがある。財布に入れるとお金が貯まる、というようなお守りだ。新しい年のお守りは、節分までの時期に売っている。私はその神社もお守りのことも知っていたが、とくに興味を持っていなかった。ところがあるとき、知人が、このお守りをくれた。そう言われているように財布に入れて一年を過ごした。そして翌年、節分が近づくと、なんだかこのお守りを更新しなくてはならないような気分になった。やむなくその神社に赴いてみると、お守りとお札を買う人で大行列。

私も列に並びながら、「ああ、みごとにやめられないループにはまってしまった」と実感した。

子どものころに実家で行われていた季節行事を、多くの人がいったんやめるときがあると思う。進学や就職をしてひとり暮らしをはじめたり、実家暮らしでも自分の用事に忙しくなったりして、家族とは季節ごとの行事をしなくなる。それでも、何かのきっかけで、親主催ではなく、今度は自分の意思で、またはじめる。新年のお参り、節分の豆まき、ひな祭りに五月の節句。私の場合は、いくつかは復活し、いくつかは自然に廃止してしまった。たとえばクリスマスは祝うが、節分の豆まきはしない。新年のお参りはもちろんいくが、おせち料理は作らない。

しかしいったん何かはじめると、なぜか、やめるにやめられず、続けてしまう。それは私の個人的な性質なのだろうか。それとも、世間一般的な感覚だろうか。そんな私が、今警戒しているのは、節分の恵方巻《えほうま》きである。このところ、節分が近くなると、関東地方でもあちこちで恵方巻きの宣伝がはじまる。私は最近までまったく知らなかったイベントだが、なんだかたのしそうではある。でも、やりはじめたら、この先ずーっと二月三日には切っていない巻き寿司を食べ「なくては」ならなさそうで、近づかないように注意している。

（「UR PRESS」52号　２０１８年・冬）

律儀な桜

自分の暮らす東京でしか満開の桜を見たことがないが、国内の各地に、桜の名所はある。公園だったり、川縁《かわべり》だったりする。桜の季節でなくても、桜の木だとすぐわかる。わかったとたん、花をつけていない木々がいっせいに花開くところを思い描く。まぼろしの満開をそんなふうに見た気持ちになって、ぜひとも桜の季節にきたい、こよう、と思うが、一度もそういう場所で花見をしたことがない。

昨年鹿児島にいったのだが、あと二週間もすれば桜が咲くという時期だった。川沿いにずらりと並ぶ桜が花をつけるという。そのとき乗ったタクシーの運転手さんともやっぱり桜の話になった。「あと十日ばかり遅くくればよかったね」と運転手さんは言い、そして「不思議なことに、毎年この時期になると桜は律儀に咲くものだね、何があっても咲くね」と独り言のように言った。その言葉が心に残り、ことあるごとに思い出す。だれが言ったんだっけ……、と忘れているときもあって、ああ、見ず知らずの運転手さんだったと思い返す。

七年前、二〇一一年四月、私は新聞社の依頼を受けて東北の、太平洋沿岸の町々を歩いた。町がなくなっているのに咲いている桜があった。そのことに私は心底驚いた。青空に映える満開の桜がうつくしいことに衝撃を受けた。自然とはなんと残酷なのだろうと思った。こんなにもかなしい現実のなかで、季節がくれば桜はうつくしさを誇るかのように花開くのだ。たたえる人も、見る人すらもいなくても。

運転手さんが何気なく言った一言は、私にこの光景を思い出させた。本当にそうだ。何があっても桜は咲くし、そのことは当たり前のことではなくて、とても不思議なことなのだ。

七年前に抱いた、残酷だという感想は、私のなかで少しずつ変わっているらしいと、それもまた運転手さんの言葉で気づかされた。例年より寒かろうが暑かろうが、降雨量が多かろうが少なかろうが、温度がゆるむとつぼみがふくらみ、あるときいっせいに花が開く。変わり続けるしかない私たちの暮らしに、そんなふうに変わらないものがあるということは、ときに私たちを救うのではないか。そんなふうに思うようになった。

毎年、律儀に桜は咲く。咲くことがわかっているのに、空を覆うように満開になった木を見れば、つい目をみはって立ち止まってしまう。毎年毎年、満開の桜を前に私もこうして律儀に惚《ほう》けていいたい。


（「UR PRESS」53号　２０１８年・春）

授かるもの

　庄内地方を訪れたとき、お茶の時間に、お茶と山盛りのだだちゃ豆が出てきて驚いた。その場には五人いたのだが、山盛り一皿で五人ぶんなのではない。山盛り一皿がひとりぶん。多くの家でだだちゃ豆を栽培していて、季節になると、毎日毎食食べても余るくらい収穫できるらしい。

　だだちゃ豆という名前を東京でも聞くようになったのはせいぜいこの十年くらいで、以前はまったく知らなかった。今だって東京のどこでも手に入る、というわけではない。しかも高価だ。はじめて食べたときは、たしかに味の濃さに驚いた。私にとってだだちゃ豆は「貴重品」の分類である。だから、山盛り一皿を見てなんとも不思議な気持ちになった。

　そういえば、仕事で青森にいったとき、どこでもリンゴを出してもらったことがあった。このときはテレビのロケで、一日に三、四軒の家庭やお店にお邪魔したのだが、そのどこでも、「これみなさんで」と剝《む》いたリンゴを山盛りで出してくれた。しかも帰り際には、「みなさんで」と、ビニール袋にリンゴを四、五個小分けして渡してくれた。このときも私は不思議な感覚を抱いた。

リンゴは、私の住む町では百五十円から五百円する。八百屋さんでは二百円、安くて百五十円、某スーパーマーケットでは二百二十円、某スーパーマーケットでは五百円。つまり、値段を見て「五百円だから買うのをやめて、キウイにしよう」とか「ひとつ二百円だけど三個だと五百円か」などと考えて買うものなのだ。なのにここでは、まるで拾い放題の松ぼっくりみたいな扱いでじゃんじゃんリンゴが出てくる。だだちゃ豆も、リンゴも、その土地の人にとっては買うものではなくて、授かるものなのだろう。

そんなふうに何かがたくさん収穫できて、それがあることが当たり前である、そういう土地に住んだことがない。だから、その感覚がわからない。だだちゃ豆でもリンゴでも、こんなに毎回山盛りで食べるのなら、飽きてしまって見たくもない、とならないのだろうか、と思うが、その土地の人は、「だだちゃ豆を食べると枝豆なんか食べられない」とか「やっぱり青森のリンゴはおいしいでしょ」などと、誇らしげに言うし、心底それがおいしいと思っている。おいしいと思っているから、客人にもどっさりくれたり出したりしてくれるのだ。

先日訪れた和歌山では梅だった。お鮨屋さんで、「これみなさんで」と、びっくりするくらい山盛りの梅が出てきた。梅酒に使った梅をお茶うけに食べるらしい。果肉たっぷりの大きな梅である。このサイズの梅、あの八百屋さんだったら一キロ八百円、あのスーパーだったら千五百円……、と無意識に考えている自分が、ちょっと恥ずかしい。

（「UR PRESS」54号　2018年・夏）

ちいさい秋ならぬ、短い秋

この数年、秋が足りない、と私は思っている。残暑がいつまでも続き、暑さにうんざりするころ、急激に涼しくなって、ようやく秋か、と思う間もなく、寒くなってくる。はたして秋はあったのか、と首をかしげたくなるくらいの短さ。

秋には枕詞がいっぱいある。食欲の秋、読書の秋、スポーツの秋。食を楽しむ暇も、読書に浸る暇も、スポーツをはじめてみるかと決意する暇もなく、このごろの秋は去ってしまう。ほんの少し前までは、もう少し秋の訪れは早く、訪れの知らせもはっきりしていたように思う。雲のかたちや風の感じが、ゆるやかに、しかし劇的に変わって、「夏も終わりだなあ」と思わせた。それから、魚屋さんの店頭に並ぶ秋刀魚《さんま》や、八百屋さんの栗や梨。コンビニエンスストアでも、おでんや中華まんが売られはじめる。

けれども最近ではなんにも当てにならない。雲が秋らしいうろこ雲になってもだらだらと暑い日が続いたりする。八月の半ばだというのにもう秋刀魚が並んでいたりする。中華まんも、年がら年じゅう売られている。秋だと実感しないまま過ごしていて、あるとき急に冬になる。自動販売機の飲みものがぜんぶホットになっていることに驚いたりする。

最近では、私は自分の季節感知センサーに頼っている。毎週末ランニングをしているのだが、一年じゅう、ほぼ同じ早朝の時間帯に走っていると、季節が変わったことが肌ではっきりとわかるのだ。あ、今日から秋だ。今日から冬だ。そんなふうに明確にわかる。たとえば今年だったら、九月八日に東京の空気は秋になり、走るのがぐんと楽になった。しかし日が高くなるにつれて気温も上がり、朝方感じた「秋」はどこにもなく、昼間は夏の続きみたいになる。私の秋感知と、実際の秋の訪れにはずいぶんの隔たりがある。

猫も、独自の季節感知センサーを持っているのだろう。我が家には天井まで届くキャットタワーがあり、そのいちばん上には、猫がちょうど体を丸めて入れるほどのハンモックがある。このハンモックはもこもこした生地でできているので、夏のあいだは、猫はここには入らない。一度も、一瞬たりとも入らない。しかし九月になるとあるとき急に、ひょんひょんとタワーにのぼってすっぽりハンモックにおさまる。「あ、秋だ」と、それを見ていると思う。この、猫による秋感知は、私のそれよりも、もう少し実際の秋に近い。

走りやすくなっても、猫がハンモックに入っても、しかしどこか、東京の町はまだ残暑っぽい。秋はまだかまだかと思っていると、急降下して冬になる。「あ、今日からもう冬だ」と走りながら私は思い、猫は眠るときにかならずベッドにやってくるようになる。秋の味覚もまだ食べ尽くしていないのに。読書三昧を楽しんでもいないのに。あたらしいスポーツを試してもいないのに。

（「UR PRESS」55号　2018年・秋）

はじめてという魔法

学生時代に属していたサークルの集まりがあった。何年かに一度は集まっているので、すごく久しぶりというわけではないのだが、会うたびに、みんなが変わらなくて驚く。先輩も後輩もだれもが会ったときのままに見える。しかし、「会ったとき」の年齢を思うと、十八歳から二十二、三歳だ。その年齢に見えるはずがなく、男女ともにしわも白髪も増えているのだが、どうしても「会ったとき」のままなのだ。

それと同じことが町にもある、とこのあいだ気づいた。イベントの仕事があってソウルを訪れたときだ。ソウルは、二十三年前、九〇年代の半ばと、二〇一五、六年に一度ずつ、計三回訪れていて、今回が四度目だった。なぜか毎回冬。

今回も、かじかむように寒いソウルの町を歩きながら、自分が二十三年前の面影を見ていることに気がついた。二年前や三年前のほうが記憶が鮮明なのに、目の前の光景に重ねてしまうのは、はじめて訪れたソウルなのだ。何屋さんなのかまったくわからないハングル語の看板や、洋服ばかり売る市場の角、音が氾濫している繁華街、眼鏡屋さんの並ぶ地下街。九〇年代半ばのソウルは、今よりちょっと野暮ったくて今よりだいぶ愛想がなかった。芯から冷えるような寒さは同じだ。

　本当は、二十三年前にどこを歩いて、どこに泊まって、どこでごはんを食べたのか、まったく覚えていない。記憶は偽物かもしれない。でも、その記憶が今の光景にきちんと重なる。

　バンコクでもそうだし、ニューヨークでも、ヤンゴンでもそうだ。二十代のときに訪れた場所を、二十年以上たって再訪しても、はじめて旅したときの光景が重なる。どの町もかつてのようではなく、進化し、発展し、垢抜《あかぬ》け、きらびやかだが、その今の光景に、かつての、ちょっと暗かったり古びていたり殺風景だったりした光景が、重なって見える。

　私はそれを、たんなる懐かしさ、旅の感傷だと思っていた。その感傷のままに、二十数年前に歩いた路地や店やホテルを再訪することもよくある。アスファルトに落ちる木々の陰、ホテルの塀、見上げた空の感じ、町は変わっても、そうしたものは、変わらないなあと思う。

　いや、実際は変わったのだ。老けた友人の顔が会ったときのままであるように、町もまた、はじめて旅したときのままに見えるだけなのだ。

　だれでもそうなわけではない、というのも同じ。会ったときの顔が印象に残っていない友人や知人はきちんと老けていくし、再訪しても、何ひとつ思い出せず、本当にここにきたことがあったっけ、と思う町もある。はじめての印象が強いのは、やっぱりその後親しくなったり、好きになったりした、人や町だ。

いつかこの、はじめての魔法がとけて、先輩後輩がおじいさん、おばあさんに見える日がくるのだろうか？　知っているはずの町が、まったく知らない近未来みたいに見える日がくるのだろうか？

（「UR PRESS」56号　2019年・冬）

単行本あとがき

　この十年くらいにいろいろな雑誌に書かせていただいたエッセイと、ウィーンの記念行事のために書かせていただいた小説ひとつ、が、この本の中身である。同じ雑誌にひとつのテーマで書き続けたものではないから、当然ながら統一感がない……と書きたいところだが、こうしてまとめてみると、私は同じことしか書いていないように思える。表現をかえると、私は同じことしか書けないのだろう、ということでもある。それすなわち日々の暮らしとそれに含まれること。この十年であたらしく書くようになったのは、猫とランニングにかんしてだが、どちらも暮らすことに含まれている。そしてその暮らし自体、私の場合はたいへんに地味、かつアナログだ。

　世のなかは私が生まれたときからずっと変わり続けているのだろうけれど、昨今は、それよりももっと速く、もっと大きく、もっと特殊に変わろうとしている、そんな気がする。あるいはこれは、私個人の問題かもしれない。世のなかの変化に、今まではなんとかかろうじてついていけたけれど、昨今それがむずかしくなってきて、変化についていくのをやめるかどうか、決める瀬戸際にいるのかもしれない。

十年ぶりに、仕事で上海にいった。上海もまた大きく変化していた。しかもその変化は日本よりずっとダイナミックだ。町並みが変わっているのは当然だから、驚かない。いちばん驚いたのはキャッシュレス化の徹底ぶりだ。飲食店の注文も、支払いも、スマートフォンのアプリである。タクシーを呼ぶのもスマートフォンで、道ばたで空車待ちをする人などついぞ見なかった。駅で切符を買うのも予約するのもアプリだという。キャッシュが使えるコンビニエンスストアや商店にしか私はいかなかったのだが、一度だけ、コーヒーショップに入って持ち帰りのコーヒーを買おうとしたら、「アプリがないとうちでは買えないんですよ、ごめんなさい」と店の青年が流ちょうな日本語で教えてくれた。

インタビューや取材や対談で、スケジュールはぎっちりだったのだが、中国側の出版社の担当者を含む編集者も編集長も、取材やインタビューにくる仕事相手の人たちも、全員（本当に全員！）三十代の女性であるのも、私には大きな変化に思えた。彼女たちが、なんといきいきとたのしそうに働いていることか。

彼女たちに話を聞いていると、地上波のテレビなどはもうまったく見なくて、テレビ自体持っていないとか、キャッシュレスが当たり前になりすぎてお金を持たずに日本に旅行しにいってしまった友だちがいるとか、なんだか私には想像もつかないようなことばかり飛び出してくる。たぶん、私が今上海に暮らしていたら、早々と時代に追いつこうとする努力を捨てただろう、とも思った。

もしかしたらあと五年後、十年後、日本もそんなふうにダイナミックに変わっていくのかもしれない。そんななかで、こういう地味でアナログな日々のエッセイは、どう読まれていくのだろう。あるいは読まれなくなっていくのだろうか。

そんなことを考えるけれど、それでも私は、エッセイや小説といったものは実用や有用性とは対極のところにずっとあったし、この先もずっとそうなはずで、だからこそ、時代の変遷と無縁でいることも可能だと、心のどこかで信じている。だからこうして地味だアナログだと自覚しながらも書いているのだと思う。

書く場をくださったみなさま、読んでくださったみなさま、どうもありがとうございました。

（2019・9）

本書のプロフィール

本書は、二〇一九年十一月に単行本として小学館より刊行された同名の作品を文庫化したものです。

小学館文庫

希望《きぼう》という名《な》のアナログ日記《にっき》

著者　角田光代《かくたみつよ》

二〇二二年二月九日　初版第一刷発行

発行人　石川和男
発行所　株式会社　小学館
〒一〇一-八〇〇一
東京都千代田区一ツ橋二-三-一
電話　編集〇三-三二三〇-五一三二
販売〇三-五二八一-三五五五
印刷所──図書印刷株式会社

ISBN978-4-09-407113-9